Joachim Lottmann

Hotel Sylvia

Joachim Lottmann

Hotel Sylvia

Novelle

HAFFMANS ∎∎ TOLKEMITT

Deutsche Erstausgabe

1. Auflage, März 2016

© 2016 Haffmans & Tolkemitt,
Bötzowstraße 31, D-10407 Berlin.
www.haffmans-tolkemitt.de

Alle Rechte vorbehalten, insbesondere das Recht der mechanischen,
elektronischen oder fotografischen Vervielfältigung, der Einspeicherung
und Verarbeitung in elektronischen Systemen, des Nachdrucks in
Zeitschriften oder Zeitungen, des öffentlichen Vortrags, der Verfilmung
oder Dramatisierung, der Übertragung durch Rundfunk,
Fernsehen oder Internet, auch einzelner Text- und Bildteile,
sowie der Übersetzung in andere Sprachen.

Lektorat: Heiko Arntz, Wedel.
Umschlaggestaltung: Natalie Dietrich/metaphor.me
& Studio Ingeborg Schindler.
Produktion von Urs Jakob,
Werkstatt im Grünen Winkel, CH-8400 Winterthur.
Satz: Fotosatz Amann, Memmingen.
Druck & Bindung: Ebner & Spiegel, Ulm.
Printed in Germany.

ISBN 978-3-942989-94-7

Einleitung

Ich weiß, gerade auf den ersten Seiten, ja, mit den ersten Absätzen, eigentlich schon mit dem ersten Satz einer solchen ›klassischen‹ Erzählung erwartet der Leser zu Recht ganz besonders niveauvolle Literatur, gelungene Formulierungen, einen unvergeßlichen Einstieg in den feinen, nicht gerade billigen ›sprachlichen Gourmet-Happen‹, wie Kritiker so was manchmal nennen. Ich muß solche Leser bitten, gleich zum ersten Kapitel vor-zublättern und die hier nun versuchte mühsame Ein-leitung zu überschlagen. Gleichwohl will ich sie – mehr für mich selbst als für das Buch – zu Papier bringen, einfach um zu *verstehen*. Beschreiben fällt mir immer leicht, das ist meine Natur, aber verstanden habe ich selten etwas. Um so weit wie irgend möglich zurückzu-gehen, beginne ich mit meiner Mutter.

Ich hatte nie etwas für sie übrig gehabt. Ich glaube wirklich, daß ich, mit einer Ausnahme, niemals eine Träne um sie geweint habe. Selbst auf der Beerdigung verspürte ich nicht die geringste Trauer oder sonstige Regung. Ich sah in die Gesichter der anderen, und zum Glück zeigten auch sie keine Gefühle. Kommen wir zu meiner Ausnahme: Ein einziges Mal war es anders, nämlich als mein Bruder mich anrief und sagte, unsere

Mami sei krank und sie liege im Krankenhaus. Eine verschleppte Grippe. Ich dachte mir nichts dabei, ging durch die Straßen von Schwabing, erst durch die Hohenzollernstraße, dann die Belgradstraße hinunter, bis ich plötzlich an Italien dachte: an meine Eltern und Italien. Da brach ich mit einem Mal so unvermutet und heillos in Tränen aus, daß ich mich heute noch daran erinnere. Meine so ganz und gar zerstrittenen, verzweifelten, realitätsblinden Eltern, die in Italien zueinanderfanden – jedes Jahr sechs Wochen lang in den großen Schulferien, davon sechzehn Jahre lang in dem kleinen Ort Grottammare, immer im selben Hotel, dem Hotel Sylvia.

Das Hotel wurde Ende der sechziger Jahre vor unseren Augen erbaut. Wir, das waren meine Eltern, mein Bruder und ich. Im ersten Jahr wohnten wir noch in einem Häuschen am Berg. Das Hotel Sylvia war das erste große moderne Hotel in Grottammare und ist es bis heute geblieben. Sonst gibt es nur Villen in dem kleinen verwunschenen Ort an der südlichen Adria. Angeblich war es bereits der Lieblingsbadeort der alten Römer. Rom, auf der anderen Seite des italienischen Stiefels, lag ungefähr auf gleicher Höhe und liegt da noch heute. Vieles ist auf unbegreifliche Weise in Grottammare unverändert geblieben, obwohl doch gerade der Tourismus normalerweise am schnellsten die Städte zerstört. Aber ich will nicht abschweifen. Ich muß kurz diese vier Personen skizzieren, die da in den sechziger und siebziger Jahren in Grottammare auf-

6

tauchten. Eigentlich erinnere ich mich nur an meinen Bruder. Er ist ja auch als einziger nicht gestorben.

Wirklich nicht? Am Anfang dieses Jahres bekam ich eine schriftliche Mitteilung, wonach er mit seinem Elektrofahrrad gestürzt sei und im Krankenhaus liege. Ich hatte genau dieselbe Empfindung wie damals bei der Mutter. Nämlich die Gewißheit, daß es aus sei. »Sie stirbt«, dachte ich damals, vor sehr vielen Jahren, und: »Jetzt ist es vorbei mit ihm«, dachte ich jetzt. Sogar als mein Vater starb, hatte ich es vorher gewußt. Nämlich in dem Moment, als die Polizei bei uns klingelte, während ich schlief. Ich war damals noch minderjährig gewesen. Mit Papis Tod endete natürlich auch die Grottammare-Zeit.

Wir sind nie wieder hingefahren.

Mein Bruder zog sich im Krankenhaus ein nicht identifizierbares Virus zu. Man wollte schon seinen Arm amputieren. Es überraschte mich nicht. »Der kommt da nicht mehr raus«, dachte, nein, wußte ich. Er verließ das Spital zwar nach Monaten, stürzte dann aber ein zweites Mal vom E-Bike. Mein sportlicher älterer Bruder, der zweimal wöchentlich trainierte und immer noch in einer Fußballmannschaft spielte! Der viermal im Jahr zu einer großen Wellness-Fahrt aufbrach und der sich seit Ewigkeiten vegan ernährte!

Er hatte beim Fahren das Bewußtsein verloren. Die Ärzte vermuteten einen Schlaganfall. Bereits der erste Sturz vom Rad sei ein kleiner Schlaganfall gewesen.

Und schon damals war das Sprachvermögen beeinträchtigt worden, aber nur für ein paar Wochen, dann erholte sich das Gehirn wieder. Nach dem zweiten Sturz konnte er kaum noch sprechen. Die Ärzte waren ratlos. Ich nicht.

Ich wußte, was wirklich passiert war. Ich wußte ja auch, warum unser Vater damals starb, mit nur dreiundfünfzig Jahren. Es würde zu weit führen, das hier schon zu erklären, ich mache das ein anderes Mal. Auch bei meinem Bruder Manfred.

Ich wußte nur, daß es verdammt spät geworden war. Ich konnte ihn noch retten, wenn ich ihn aus seiner Isolation befreite. Seit einigen Jahren war er mit einer jungen Pflegerin verheiratet, die vorher schon einen anderen Mann ›zu Tode gepflegt hatte‹, wenn man das so sagen kann. Ich weiß, daß das ungerecht ist. Aber als erstes hatte sie ihm ein neues Handy geschenkt und sein altes stillgelegt, somit die Nummer, die alle seine Kollegen kannten. Im Laufe der letzten Jahre war es immer einsamer und stiller um Manfred geworden. Er hatte ohnehin nicht mehr viel Glück gehabt, auch vorher schon. Früher war er ein erfolgreicher Filmregisseur und Produzent gewesen, Herr über dreißig Mitarbeiter, und Familienvater. Dann hatte ihn die ortsübliche Scheidung samt Rosenkrieg und Sorgerechtsgezerre nach unten gezogen. Das alles klingt natürlich jetzt viel zu holzschnittartig, um wahr zu sein … die exaktere Version muß aber noch warten, bitteschön. Freilich wird man schon jetzt die Logik nachvollziehen können: Ich lud meinen Bruder ins Hotel Sylvia ein, damit er wieder zu sich kommen konnte.

Die Ärzte sprachen von unterversorgten Zell-Botenstoffen im Gehirn, ich dagegen sah die Hilflosigkeit, in die Manfred getrieben worden war.

Der scheinbare Haken bei der Sache war, daß ich meinen Bruder eigentlich gar nicht mochte. Oder sagen wir ruhig, daß ich ihn nicht ausstehen konnte, oder noch genauer: Ich liebte ihn wohl, aber aufgrund einer leidvollen gemeinsamen Vergangenheit ertrug ich ihn nicht. Er erinnerte mich zu sehr an früher.

Über dieses ›Früher‹ zu schreiben fällt mir besonders schwer. Wie oft habe ich schon in Therapien darüber zu sprechen versucht! Und wie verständnislos haben mich die Therapeuten dabei immer angeschaut!

Versuchen wir es mit schnöden Fakten: Mein Vater war Handelsschullehrer und Politiker. Dreimal kandidierte er für den Deutschen Bundestag. Um das zu können, zog er in den abgelegensten Wahlkreis des Staates. Nur dort, im nördlichsten Nordost-Niederbayern, direkt an der Grenze zum Eisernen Vorhang in der Tschecheslowakei, gab es keine politische Konkurrenz für ihn, den geborenen Außenseiter. Er zog für eine Partei in den Wahlkampf, dessen einziges Mitglied er in dieser Region war. Fast hätte er es sogar geschafft, beim dritten Mal, es fehlte nicht viel. Bis dahin war seine Familie aber im nordniederbayerischen Urwald längst am Ende. Ausgezehrt, ohne Nahrung, ohne Freunde, vor allem ohne weiblichen

Zuspruch beendeten Manfred und ich unsere Pubertät im *Bardo*. Sie kennen *Bardo* nicht? Das ist der tibetische Begriff für das Zwischenreich. Irgend etwas zwischen innerer Raserei und Tod.

Um nun meinen Bruder, der mir trotz allem oder gerade deshalb soviel bedeutete wie das Leben, aushalten zu können im Hotel Sylvia, fast ein halbes Jahrhundert nach unserer Kindheit, noch dazu in seinem Zustand der Fast-Demenz und Fast-Vergreisung, mußte ich mir etwas Besonderes einfallen lassen. Klar war, daß es die letzte Chance war. Viele weitere Wellness-Fahrten mit der jungen Pflegerin – immer mit Wohnmobil, Bikes, Taucherausrüstung und so weiter – hielt Manfreds malträtiertes Gehirn nicht mehr aus. Mein Bruder war eigentlich ein geistig hochstehender Mann, ein Intellektueller, der morgens vier Tageszeitungen las – bis die neue Frau die Abos abbestellte. Seine Gehirnzellen bekamen einfach keine Nahrung mehr und starben ab. Sie konnten die geistige Monokost aus Pflege- und Krankengeschichten nicht länger ertragen und verabschiedeten sich lieber mit einem ›Schlaganfall‹. Kaum hatte ich mit Manfred die Reise nach Grottammare abgemacht, schob die Frau eine weitere vorgezogene Wellness-Fahrt dazwischen. Ich konnte nur hoffen, daß Manfred sie überlebte.

Doch weiter im Plan: Ich wollte mich für mein selbstloses Engagement belohnen, damit ich auch genügend motiviert blieb. Ein wochenlanger Italien-Aufenthalt mit meinem Bruder, dem ich jahrzehntelang nicht ohne Grund aus dem Weg gegangen war, bot mir kaum Anreize. So fragte ich die blonde Agnes, ob sie nicht nach einigen Tagen zu uns stoßen wolle. Agnes war eine junge Westfälin, angehende Künstlerin, achtundzwanzig Jahre alt, kräftig, hochgewachsen und großknochig. Wie gesagt war sie sehr blond und blauäugig – letzteres im doppelten Sinne. Sie war bestimmt sehr gutherzig und für jede Schandtat zu gewinnen, solange sie nicht merkte, daß es eine war. Ganz und gar treuherzig, besaß sie natürlich keinen Freund. Jeder Mann über vierzig hätte gern mit ihr geschlafen, denn eigentlich war sie sogar eine echte Anita-Ekberg-Schönheit, aber in ihrer Altersgruppe wußte man das wohl nicht zu schätzen. Die jungen schwachen Männer wollten geführt werden. Agnes war für sie eher ein großes Mädchen, das ihnen leid tat. Was für Idioten! Ich förderte die Karriere der Künstlerin, um sie gewogen zu stimmen. So etwas tat ich immer gern, auch bei anderen Frauen. Ich erzähle das noch.

Wie würde mein Bruder reagieren? Konnte er sich ein bißchen verlieben? Das wäre es doch gewesen! Dann würden selbst die gehirntoten Teile seiner Person wieder lebendig werden. Mit einem Riesensatz würde Manfred wieder aus dem Sarg springen. Nur: In seinem Leben hatte er sich recht selten verliebt. Die Spätpubertät, die wir noch gemeinsam verbrachten, sah uns wohl mit Mädchen. Schlußendlich waren wir nämlich doch noch aus Nordost-Niederbayern geflohen und in einer deutschen Großstadt gelandet, wo es echte Mädchen gab. Ich verliebte mich bis zu meinem siebzehnten Lebensjahr zweiundvierzigmal. Mein Bruder zweimal, und in beiden Fällen hatte ich nachgeholfen. Es waren Mädchen gewesen, die eigentlich in mich verliebt gewesen waren und deren Verliebtheit ich geschickt auf Manfreds ungelenke Mühlen lenkte. Man muß wissen, daß er besser aussah als ich, aber leider keine Strahlkraft besaß. Ich redete den Mädchen nun ein, er sei so wie ich und sehe sogar bombe aus. Vielleicht zog das Argument auch jetzt noch?

Tja, dazu hätte unsere blonde Agnes erst einmal in mich verliebt sein müssen. So etwas kam ja nicht von selbst. Ich war zwar nicht der Typ ›alter Mann‹, hätte aber dennoch ihr Vater sein können. Wieso hätte sie ein Auge auf mich werfen sollen? Ich wußte aber, daß sie ein überaus guter Mensch war, kein bißchen zickig und schon gar nicht abwehrtrainiert cool. Man konnte sie überreden. Und wichtig war, ja, das Wichtigste war, sie dabei anzufassen. Das werden die jüngeren Leser nicht glauben, deswegen muß ich es erklären. In unserer berührungsneurotischen Gesellschaft, in der selbst ein gutmütiges Über-den-Hinterkopf-Streichen hysterische Reaktionen bis zum Päderastieverdacht hervorruft, kommt es praktisch zu keinen Eroberungen mehr. Die Jungen trauen sich nicht, und die Mädchen warten irritiert, bis sie alt werden. Nun könnte man ganz ahnungslos und menschenfreundlich fragen, warum denn nicht die angeschmachteten – und doch wohl gerührten – Frauen sich einmal ein Herz faßten und dem Weichei-Knaben seine stundenlangen werbenden Worte belohnten. Tja, keine Ahnung, es muß wohl Millionen Jahre altes codiertes Verhalten der Primaten sein: Wer nur redet, kriegt nichts. Nutznießer dieser Lage sind oft Jungen mit Migrationshintergrund, die die Berührungsneurose noch nicht kennen. Oder eben ich!

Deshalb lud ich Agnes erst zu einem Museumsbesuch ein, dann verabredeten wir uns zu einer Besichtigung ihres Ateliers, und schließlich zeigte ich ihr ausgiebig meine Schreibwohnung. Nachdem wir uns also deutlich und nachweislich wie zivilisierte Menschen verhalten hatten, fehlte nur noch der Körperkontakt. Es fiel mir nicht schwer, dieses bezaubernde Mädchen, oder wie unser seliger Papi gesagt hätte: diese herrliche Superblondine, anzufassen, muß ich zugeben, da sie alle erotischen Reize besaß, auf die ich anspreche. Eine gutmütige germanische, genauer gesagt skandinavische Göttin – oder Statue, denn natürlich wehrte sie mich ab. Das mußte so sein. Ich merkte trotzdem, daß sie von da an in mich verliebt war. Es war ja sehr heiß, der sogenannte Jahrhundertsommer, und sie trug nur eine kurze Sporthose und ein ärmelloses Unterhemd. Ich saß neben ihr auf meinem Gästesofa, griff mit meiner großen gebräunten Hand den linken weißen Oberschenkel ihrer wunderbaren Beine – trotz der Hitze blieb ihr ganzer Körper typgerecht hellhäutig – und tat das insgesamt viermal. Bis die Hand nicht mehr weggeschlagen wurde. Dann nahm ich sie selbst weg.

Ich mußte zwischendurch herzlich lachen, weil die Situation nicht nur erotisch, sondern vor allem kindisch war. Ich fühlte mich wie ein Fünfjähriger, der seine vierjährige Schwester ärgert und der das tut, weil es so lustig ist, vierjährige Schwestern zu ärgern. Den ganzen sexualpolitischen Überbau vergaß ich in dem Moment. Natürlich bestand Agnes anschließend dennoch darauf, in Italien, wenn sie denn komme, nicht angefaßt zu werden.

»Warum denn nicht?« fragte ich gespielt arglos.

Es folgte der notorische Diskurs über Väter, Vertrauen, Alter und eigene Entscheidungen.

Ich sagte, in jeder Familie gebe es den leicht dementen, übergriffigen Opa, über dessen Altersgeilheit Witze gemacht würden. Das sei keine Tragödie.

Agnes zeichnete von mir ein recht günstiges Bild. Ich sei für sie wie ihr Vater, den sie sehr möge und toll finde. Es überraschte mich nicht, zu erfahren, daß sie bei ihm aufgewachsen war und ihre Mutter haßte. Aber ihr Vater sei nun einmal jemand, der für Sexuelles grundsätzlich nicht in Frage komme.

»Natürlich nicht, keine Angst!« rief ich und kitzelte sie überfallartig an Bauch und Beinen, bis sie selbst lachen mußte. Das Eis war gebrochen.

Bis zu diesem Punkt hatte mein Eroberungsfeldzug dreieinhalb Wochen gedauert. Ich hatte Agnes übrigens auf einer Off-off-Vernissage kennengelernt, zu der mich mein bester Freund Thomas Draschan überredet hatte. Es war noch ein Mäzenaten-Essen gefolgt, bei dem ich offiziell als Kunstsammler erschienen war. Agnes hatte mir von der ersten Sekunde an gefallen. Ich habe solche Sekunden seltener, als man denkt. Ich sah in ihr sofort das Vaterkind, die ehrliche Blondine und allürenlose Norddeutsche. Mein Freund Thomas Draschan drückte es ganz gut aus: »Mit dieser Frau hätte man in fünfzig Jahren niemals auch nur ein einziges Problem!« Sie war ihm aber zu jung, erklärte er. Konnte eine ehrliche Frau, die nie ein Problem macht, jemals zu jung sein? Thomas sagte ja, und er begründete es beruflich. Agnes sei als Künstlerin noch gänzlich erfolglos und wisse noch nicht einmal ihren künstlerischen Weg. Das stimmte nicht, wie ich bei meinem Atelierbesuch herausfand. Aber Geld verdiente sie keines.

Das war gut für mich. Anscheinend hatte sie wirklich Lust auf Italien und aufs Meer, einfach weil der Jahrhundertsommer in ihrer Mansardenwohnung unerträglich geworden war. Und offenbar sah sie in mir eine Vertrauensperson und natürliche Autorität. Ich hatte dem Sexuellen das Verdruckste, Verborgene und Verlogene genommen durch meine ironische Übergriffigkeit – das Schlimmste hatte sie bereits hinter sich, dachte sie wohl. Nur verstand sie zunächst nicht, was ich überhaupt an ihr mochte. Wirklich ihre Kunst? Wirklich ihre sogenannte Persönlichkeit? Ich merkte, daß sie sich in meiner und meines Bruders Gegenwart nie wohl fühlen würde, wenn ich ihr nicht noch ein anderes Motiv nannte. So erklärte ich ihr frank und

frei, weder leise noch verschämt, quasi in Gutsherren-
art, daß ich selbstverständlich gern mit ihr schlafen
würde, aber es nicht täte, da sie es nicht wolle und auch
gar nicht wollen könne. Es folgten ein paar deftige
Komplimente über ihr Aussehen und schließlich die
nüchterne, unlarmoyante Feststellung, daß ich einen
Spiegel besitze und wisse, wie ich aussähe. So etwas
beruhigt Frauen immer. Es gibt nichts Peinlicheres als
Menschen beiderlei Geschlechts, die sich Illusionen
über ihr altersbedingtes Aussehen machen.

Agnes hatte nun eine Grundlage, auf der sie stehen
konnte. Ich war ein geiler alter Bock, der sie mit dem
Handtuch durch die Zimmer und Flure jagen würde,
der aber nicht mehr zu enttäuschen war. Der das nur
zum Spaß tat. Aber was war mit meinem Bruder? Hier
hielt ich es für ratsam, ein paar Geheimnisse zu erfin-
den. Auf keinen Fall durfte sie von seiner gefährlichen
Krankheit wissen. Oder doch? Sie war ein sehr mitfüh-
lender Mensch und hätte eine Rolle als helfende Kran-
kenschwester vielleicht noch lieber gespielt als die der
Strandschönheit. Aber ich traute mich nicht. Bei der
Beschreibung der Krankheitssymptome meines Bruders hätte ich selbst jede Lust auf die Reise verloren.
Auch wollen menschenfreundliche Wesen immer gern
helfen, aber niemals retten. Das Retten ist ihnen zu
groß, zu unheimlich, diese Verantwortung scheuen sie.
Deshalb erzählte ich lieber die Geschichte von unserer
traumatischen Kindheit in Nordost-Niederbayern und
vor allem in Grottammare. Dort, an der zeitlos schö-

nen Adria, habe der Sehnsuchtsort unserer kleinen, verrückten Familie gelegen. Dort, nur dort hätten die haßliebenden Strindberg-Eltern zueinandergefunden.

»Was ist Strindberg?« wollte sie wissen. Ich erklärte es ihr. Im Grunde war sie recht gut belesen für ihre Generation, aber natürlich konnte sie nicht meinen Standard haben, den eines Berufsschriftstellers. Ich sagte einfach (und recht falsch), das sei so etwas wie Kim Kardashian vor hundert Jahren. Mein Bruder und ich seien innerhalb der niederbayerischen Ethnie Außenseiter gewesen. Aus Hamburg kommend und im Sommer fast schneeblond, wären wir von den einheimischen Straßen- und Bauernjungen nur verhauen worden. Dreizehn Jahre lang hätten wir uns in der Dachgeschoßwohnung versteckt, ehe unsere Mutter uns befreite und die Flucht zurück nach Hamburg wagte. Diese enge Bindung zwischen Manfred und mir, dieses Zusammengepferchtsein auf engstem Raum in einem gemeinsamen kleinen Zimmer, habe dazu geführt, daß wir uns im Erwachsenenleben nie mehr begegnen mochten. Und so weiter, ich erzählte ihr die ganze Story. Im Grunde hätten wir uns vierzig Jahre lang nicht gesehen. Nicht einmal bei Manfreds Hochzeit vor zwei Jahren sei ich anwesend gewesen. Und nun also gebe es das große Wiedersehen, die Zusammenführung der Biographien, die Versöhnung am Lebensende.

»Am Lebensende?« hakte sie erstaunt nach.

Fast hatte ich mich verplappert. Schnell schob ich

die Sache mit der neuen Frau meines Bruders nach, die die Leute zu Tode pflegte. So viel Wahrheit durfte schon sein. Als Agnes noch mehr über diese Person wissen wollte, sagte ich, das könne ich nur preisgeben, wenn wir schon im Flugzeug säßen, denn es sei so erschütternd, daß Agnes danach nicht mehr mitkommen wollen würde … Sie nickte und gab sich damit zufrieden.

Aber ich selbst wurde neugierig auf diese Frau, die neue Frau meines Bruders. Es konnte nicht schaden, sie schon vor der Reise zu treffen. Manfred war nicht mehr in der Lage, allein ins Flugzeug zu steigen, und ich mußte ihn sowieso von zu Hause abholen. An dem Tag hätte ich Jessika, wie sie hieß, kennengelernt. Da ich mich bereits zwei Tage vorher in Berlin befand – ich nutzte solche Berlin-Trips gern beruflich – rief ich einfach bei Manfred und Jessika an. Ich stünde sozusagen schon vor der Tür, log ich, und würde gern spontan vorbeikommen, zum Abendessen.

»Wir haben schon zu Abend gegessen«, sagte eine unmelodiöse, sehr deutsche Stimme, Jessika.

»Na, trotzdem. Ich würde euch gern sehen.«

»Aber ich sage doch, wir *haben* schon gegessen, schon vor einer halben Stunde.«

»Aber ums Essen geht es doch gar nicht, wir haben doch etwas zu besprechen.«

»Ja … wenn du meinst … da muß ich erst den Manfred fragen. Aber *Essen* gibt es keines mehr!«

Die Pflegerin brauchte offenbar für jeden Schritt im Leben einen krankenhausaffinen Anlaß. Manfred war einverstanden und wollte mich an der Straßenbahn-station abholen. Per iPhone hatte ich die richtige Linie und Haltestelle ermittelt. Es war ganz einfach. Ich dachte immer, Manfred wohne ganz weit weg im tief-sten Osten, am östlichen Ende des Wahlkreises von Gregor Gysi, aber das stimmte nicht. Die öffentlichen Verkehrsmittel in Berlin waren okay, stellte ich fest. Im neuen Gleisbett raste die fabrikneue Tram mit achtzig Stundenkilometern zum Ziel.

Manfred fuhr mir mit dem E-Bike entgegen, mit dem er bereits zweimal gestürzt war. Er trug nun end-lich einen Helm, was ihm gut stand. Ich sah dadurch nicht, daß er seit unserem letzten Treffen an irgend-einem Weihnachtsfest graue Haare bekommen hatte. Grau? Sie waren fast weiß.

Seine Stimme überraschte mich. Seit den Schlag-anfällen war sie verändert, ja, sehr verändert. Es war einfach nicht mehr die Stimme meines Bruders. Das war insofern schockierend, als unsere Stimmen stets als nahezu identisch gegolten hatten. In unserer Jugend gaben wir uns gern für den anderen aus, es wurde nie bemerkt. Jetzt war es die Stimme eines tattrigen Rent-ners. Solche Stimmen hatten wir nachgemacht, wenn wir spielten und einen alten Spießer-Opa nachmachen wollten. Eine zittrige, nölige Honecker-Stimme. Jetzt war es die Stimme meines Bruders, also fast schon meine! Am Telefon war der Schock noch viel größer gewesen. Jetzt war ich froh, daß Manfred unter dem Helm und auf dem Elektrorad eigentlich recht agil

19

wirkte, durchaus normal. Wer noch Rad fahren konnte und Sporthelme trug, konnte auch nach Italien fahren. Er stieg mühsam ab, und wir umarmten uns. Es war ein fremdes Gefühl, sein Körper wirkte hart, voller muskelverpackter Knochen, aber er war eben ein ausgewachsener Mann. Sonst umarmte ich ja nur Frauenkörper, die weich und geschmeidig waren. Ich freute mich trotzdem. Der gute Bruder lebte also noch, ich war nicht zu spät gekommen, mußte ihn nicht im Krankenhaus treffen oder gar im Krematorium.

Aber dennoch – in welchem Zustand war er! Alle Bewegungen schien er wie in Zeitlupe zu vollführen. Als hätte er irgendwelche allgemeinen Lähmungen. Die Ärzte sprachen von einem sehr vagen, sehr unbewiesenen ersten Verdacht von leichter Parkinson-Krankheit. Ich aber fand, Manfred bewege sich schon jetzt wie Mohammed Ali. Wie sollte es da etwas werden mit der Agnes-Romanze? Auch hatte Manfred abgenommen, war dünner und schmaler geworden, fand ich. Sein Gesicht wirkte klein und eingeschrumpelt, sein Kopf nur halb so umfangreich wie meiner. Und seine Zähne sahen schrecklich aus, alt, gelb und künstlich. Das war bei älteren Leuten manchmal der Fall, vielleicht sogar bei mir? Beim letzten Treffen hatte sein Gebiß noch voller weißer Jackettkronen gestrahlt. Jetzt aber traf mich der Gedanken mit voller Wucht: Das Leben war zu Ende! Wir waren nicht alt geworden, nein, viel mehr, wir hatten den Endpunkt erreicht. Immer hatte ich »das Alter« noch vor mir liegend gewähnt, und wenn es denn eines Tages kommen würde, wären es fünfundzwanzig bis dreißig Jahre, in denen man in Würde alt war und stolz auf sein Leben zurückblickte. Das Alter hatte ich mir einfach als das letzte Lebensdrittel vorgestellt. Statt dessen kam es nun zu einem plötzlichen Absterben, ganz ohne letztes Drittel. Denn auch wenn mein Bruder jetzt nicht starb, so war er doch nicht mehr am Leben. Und auch wenn ich noch nicht so krank war wie mein Bruder, konnte ich es theoretisch jetzt jederzeit werden, oder in zwei Jahren, und dann würde ich nicht besser aussehen als er.

Wir gingen zu seinem Haus, er schob das Rad. Flüsternd gestand er mir, daß Jessika ihm verboten hatte, sein Auto weiter zu benutzen, obwohl es ihm die Ärzte noch erlaubten. Auch andere Dinge, die er gern tat, hatte sie ihm untersagt, da war die junge Dame wohl recht streng. Nun, jung im Wortsinne war sie nicht mehr, eine halbe Generation älter als Agnes, aber auch eine halbe Generation jünger als mein Bruder. Ich sah sie im Hauseingang.

Eine durchaus adrette Person. Ich hatte sie mir wie eine Angestellte des KZ Ravensbrück vorgestellt, doch sie wirkte eher wie eine zarte Apothekerin. Es war heiß in dem Neubau, ich begann augenblicklich zu schwitzen. Jessika fragte, was ich trinken wolle. Ich wollte einen Tee, aber dafür war es zu heiß.

»Vielleicht können wir die Tür zur Veranda öffnen«, sagte ich warmherzig, »dann wird es kühl, und ich kann einen schönen Tee trinken.«

Sie starrte in mein Gesicht und dachte offenbar nicht daran, die Verandatür zu öffnen. Warum sollte sie das tun? Nur weil ich es wollte? War ich der neue Diktator, oder was? Ich sollte mir nicht einbilden, ihr Befehle geben zu können! Wenn ich erwartete, daß sie aus falschverstandener ›Höflichkeit‹ mir zu Diensten war, hatte ich mich geschnitten. Sie war lieber ehrlich und folgte dem, was sie wirklich wollte, nicht als verlogener Gastgeber, sondern als freier und authentischer Mensch.

Fast wäre ich selbst zur Tür gegangen und hätte sie aufgemacht, ebenfalls aus einem Impuls der Ehrlichkeit heraus, verkniff es mir aber Gott sei Dank. Da mir kein Stuhl angeboten wurde, ließ ich mich endlich auf den nächstbesten fallen.

Zu dritt besprachen wir die Krankheiten Manfreds. Durch zähes Nachfragen bekam ich heraus, daß der Sprachverlust nicht durch die Stürze verursacht worden war, sondern ganz normal im häuslichen Beieinander stattgefunden hatte. Das entsprach ganz meiner Theorie. Der Bruder war durch die erzwungene Fokussierung auf die Pflegerin, also die gesellschaftliche Isolation, mürbe beziehungsweise im Wortsinne geistesschwach geworden! Das durfte ich nicht sagen, konnte aber dagegen ankämpfen. Leider machte Manfred einen erschütternd schwachen Eindruck. Seine Stimme war so leise, wirklich nur noch ein gehauchtes Flüstern, als müsse er am Sterbebett dem herbeigeeilten Priester furchtbare Sünden beichten. Der Priester, also ich, mußte mit seinem Ohr ganz nahe an den Mund des armen Büßers kommen, um überhaupt noch etwas zu verstehen. Oft unterstützte Manfred seine Worte bereits durch hilflos wirkende Gebärdensprache. Ich war froh, daß die Pflegerin dagegen so gesund wirkte. Sie begann mir zu gefallen. Die Art, wie sie sprach und wie sie meinen Bruder ansah, zeigte mir, daß sie ihn tatsächlich liebte. Ihn, meinen Bruder – ich konnte es kaum glauben! Er mußte sehr nette Seiten haben, die ich vergessen hatte. Bloß gut, daß ich sie nun bald wiederentdecken konnte. Dazu mußte ich aber erst mal mein Herz öffnen.

Jessika brachte das Gespräch unversehens auf das Thema Klimaerwärmung. Sie hatte eine Broschüre dazu vorbereitet, die sie mir überreichte. Ich solle mir das einmal durchlesen. Als ich das Wort ›Klimaerwärmung‹ im Titel las, sagte ich spontan, daß ich dafür sei. Also, für die Klimaerwärmung.

»Wie bitte?« fragte die engagierte Menschenpflegerin.

»Ich war noch nie so glücklich wie in diesem Sommer. Weil es so ungewöhnlich heiß war.«

»Es gibt nicht nur dich!«

»Ach, fast alle Deutschen wären glücklicher, unbeschwerter, weniger regenwetterhaft-griesgrämig, wenn wir südlichere Temperaturen bekämen.«

»Es gibt nicht nur die Deutschen!«

»In der ganzen nördlichen Erdhalbkugel wäre es so, und die ist die relevante. Die Ernteerträge würden sich vervielfachen, etwa in Rußland und Kanada, und alle ...«

»Es gibt auch noch die südliche Erdhalbkugel!«

»Klar, sowieso. Trotzdem: Was ist der Sinn des Lebens? Daß man glückliche Tage hat. Die haben nun mal fast alle Menschen im Sommer und wenn es heiß ist. Deswegen fahre ich mit Manfred nach Italien und nicht zu den regennassen Färöer-Inseln.«

»Die wird es bald nicht mehr geben!«

»Gut für die Bewohner – kommen sie endlich raus aus der Depression. Werden mit viel Geld in sonnige Gebiete umgesiedelt.«

Sie stand abrupt auf. Ich hätte es wissen müssen: Sie war die typische Deutsche, der man alles wegnehmen durfte, nur nicht die schlechte Laune. Das war das höchste Gut unserer Bevölkerung. Ich mußte mich entschuldigen, um nicht den Abend zu verderben.

So stellte ich mich rasch als unheilbaren Spaßvogel dar. Auf diese Weise kann man sich ja oft aus der Affäre ziehen. Wir ›diskutierten‹ danach noch andere wichtige Mißstände, etwa Aids an den Schulen, die Wassernot und die Verweigerung der Kondome durch den Papst. Ich verschwieg, daß es Aids an Schulen gar nicht gibt. Die Typen werden ja erst nach dem Abitur schwul, wenn sie ins anonyme Berlin ziehen können. Ich war dann glücklich, mit Manfred allein in sein Zimmer entschwinden zu dürfen. Er wollte mir nämlich etwas zeigen. Fotos.

Wie nachhaltig war der Schock? War er gar nicht

so groß? Ich war auch früher geplättet, wenn ich auf meinen Bruder traf, aus dargelegten Gründen. Aber daß das uralte Gefühl der Nähe und Vertrautheit bald wiedererstehen würde, schien mir wahrscheinlich. Nun war er über Nacht um mehrere Jahrzehnte gealtert, aber was soll's, diesen Zustand hätte er sowieso irgendwann erreicht – eben später. Jetzt saß ich als gefühlter Fünfziger oder realer Mittfünfziger neben einem gefühlten Mittachtziger – obwohl wir doch fast gleich alt waren. Aber war das so ein Unterschied? Das Wesen eines Menschen ist alterslos.

In Manfreds Arbeitszimmer hingen an allen Wänden Fotos, unzählige. Ich sah unsere Mutter, seine Kinder, seine neue Frau, ihn als jungen Mann, als mittelalten Mann, als Mann von fünfzig oder fast sechzig Jahren, ich sah sogar unseren Vater, den Manfred nicht mochte. Von mir gab es kein einziges Bild, das war schon auffällig. Wir waren beide typische deutsche Fotokinder, knipsten schon das ganze Leben hindurch, und wenn wir einmal eine Mail wechselten, hängten wir immer ein Foto an. In meinen drei Wohnungen gab es durchaus auch Fotos von Manfred, auch wenn das in mir traurige Gefühle auslöste.

Er zeigte mir auf seinem wandgroßen No-Name-Computer einen Fernsehfilm, der den Verleger Helmut Grabow zeigte. Das war der Mann, den er selbst einmal gefilmt hatte, während einer meiner Buchpräsentationen. Man sah jetzt Helmut Grabow in der Stadt Grabow, aus der seine begüterte Familie stammte, das war

25

im Brandenburgischen, und er sah gut aus, schlank, trug ein weißes Oberhemd sowie eine Ray-Ban-Brille und wirkte cool. Sein Gast und Interviewer war ein mäßig bekannter Knallkopp aus der arte-Redaktion mit Namen ›Moor‹. Gegen diesen Partyschreck mußte jeder cool aussehen.

Manfred war beeindruckt, also vom Zustand Helmut Grabows, und ich auch. Ich hatte den Verleger, der mich vor fast dreißig Jahren entdeckt hatte, nie in besserer Verfassung gesehen. Ich hatte gar nicht gewußt, daß er in seiner Kindheit noch Sklaven gehabt hatte (die nannte man damals ›Knechte‹). Er wimmelte die blöden Fragen ab, ignorierte die ›witzigen Einwürfe‹, sagte am Ende einfach, daß gute Bücher neue Wirklichkeiten enthielten. Daran könne man sie erkennen. Ich prüfte das sofort nach. Da er mich verlegte, hielt er meine Bücher also für gut, und somit enthielten sie neue Wirklichkeiten. Ich blickte auf meinen kleiner gewordenen älteren Bruder. Eine neue Wirklichkeit? Allerdings. Eine alte Wirklichkeit, die nun plötzlich ganz anders war, somit neu, leider.

Manfred holte die alten Grottammare-Fotoalben hervor, die er immer griffbereit hatte. Es waren mehr als zehn Alben, alle zusammengestellt von unserer Mutter. Er legte immer eines auf einen Stuhl, hielt eine Lampe darauf und wartete, daß ich umblätterte. Sein Schreibtisch war zu überfüllt für so was. Ich bückte mich und sah auf die vertrauten kleinen Fotos, manche farbig, die älteren schwarzweiß. Ich kannte sie sehr gut, weil es sie schon immer gegeben hatte. Schon als Kind hatte ich sie hundertmal angeguckt, weil sie ja das Glück darstellten. Da saß ich auf den Schultern unseres Vaters, hielt mich an seinen blonden Haaren fest, was ihm weh tat, so daß er sein Gesicht etwas verzog, während er, bis zu den Schultern im Wasser, die Luftmatratze festhielt, auf der mein winkender und lachender Bruder saß. Das muß man sich einmal vorstellen. Lachend und winkend. Im Hintergrund Wellen, Sonne, Horizont – in Farbe. Hatten unsere Eltern – von nun an Mami und Papi genannt – eine Auswahl getroffen? Waren es somit bereits selektierte Momente, war es eine geschönte Wirklichkeit? Egal. Ich wollte gerne glauben, daß mein Bruder als Kind lachen konnte, auch wenn ich mich nicht daran erinnerte. Auch Mami wirkte strahlend schön und voller Überschwang. Ich sah deutlich, daß sie auf die beiden kleinen Jungen mächtig stolz war. Und auf sich selbst wohl auch. Mit Mitte Dreißig war sie körperlich auf dem Höhepunkt, und das wußte sie. Sie trug modisch kurze Haare und Bikini. Fast konnte man sagen, daß ich meine Schwärmerei für Agnes gleich besser verstand. Die gleiche körperliche Kraft, rote Lippen, große Sonnenbrille, der Kopf neckisch zur Seite geneigt, die Haare wehten im Wind. Es war ein angenehmer Gedanke, Agnes bald an gleicher Stelle fotografieren zu können.

Oft sah man mich triumphal in die Kamera gucken, den Mund lachend aufgerissen, zumindest war ich der

Kamera immer gewahr, während Manfred meistens weiter Sandburgen baute oder gequält lächelte. Er war ja auch älter, zwei Jahre, das war viel bei einem kleinen Jungen. Die Streitereien der Eltern nahmen ihn wohl mehr mit als mich, nehme ich an. Keine Ahnung.

Auf einem Bild sitzen wir vor unseren beiden Autos im Freien. Im mittleren Hintergrund der große DKW 3=6 Universal, den Mami lenkte, und links der taubengraue, fabrikneue Mercedes-Benz 220 SE, mit dem Papi Geschwindigkeitsrekorde in den Bergstraßen des Apennin aufstellte. Der DKW wirkt gegen den Mercedes rührend vorgestrig, fast wie ein Pferdefuhrwerk. Bei den Alpenpässen mußten die Kinder aussteigen und schieben. Das war schon damals ein ungeheuerlicher Anachronismus, den die anderen Autofahrer bestürzt zur Kenntnis nahmen, wie zwanzig Jahre später die heranrückenden Trabant- und Wartburgkolonnen aus der untergehenden DDR. Aber auf diesem Foto kreische ich vor Freude geradezu. Mein Bruder und ich haben die gleichen Hemden an, wie immer, die gleichen Hosen, Schuhe, Haarschnitte und so weiter. Ich überlegte, diesen Stil auch in den kommenden Wochen wieder einzuführen. Dann würden wir uns wieder ähnlich sehen, Manfred und ich. Wir wurden damals übrigens Manni und Bibi genannt, wie ich einer Bildunterschrift entnahm: ›Manni‹ war unverkennbar Manfred und ›Bibi‹ eher unerklärlicherweise ich. Wie es von meinem wirklichen Namen, Wolfgang, zu diesem Spitznamen kam, verstehe ich bis heute nicht. Die Schrift war von Mami. Also war sie für die Alben und die Fotoauswahl verantwortlich.

Während ich also in den Fotoapparat kreischte, es war eine Voigtländer, saß Manfred still lächelnd und durchaus zufrieden an dem Campingtisch, den wir immer nach Grottammare mitnahmen. Dieser Tisch stammte wohl, wie das Zelt, der Sonnenschirm, die Luftmatratzen und die gesamte Campingausrüstung, aus alten Wehrmachtsbeständen. So sahen die Sachen jedenfalls aus. Das Zelt war in Tarnfarbe gehalten. Die Luftmatratzen waren olivgrün und von einer brutalen Festigkeit – die hätten (oder hatten?) Stalingrad überstanden. Der ebenfalls militärgrüne Campingtisch war eine Einheit, die aus dem Tisch und zwei angeschraubten Stühlen bestand, und mit einem einzigen Griff konnte man das Konstrukt auf die Größe einer Aktentasche zusammenfalten. Wir besaßen all diese Gegenstände inzwischen nicht mehr, leider, denn sie hätten unser heutiges Gewicht noch immer getragen (ihre Haltbarkeit war ja auf tausend Jahre ausgelegt gewesen). Der überbordend heitere Gesichtsausdruck, den ich auf dem Foto zeigte, war mir schon bald peinlich, schon damals. Ich erkannte recht wohl, daß es eine Fratze war und lächerlich. Aber das Bild blieb für immer im Album, blieb eine Ikone. Mami deutete das Dokument offenbar als pure Lebensfreude.

Was die finanziellen Verhältnisse unserer Eltern anbetrifft, so muß man sie als undurchsichtig bezeichnen. Meine Eltern hatten viel Geld, gaben es aber auf unsinnige Weise aus, so daß sie eben doch keines hatten. Wie gesagt: Mein Vater hatte nur ein Ziel, nämlich Bundestagsabgeordneter zu werden. Seine Frau hatte auch nur ein Ziel, nämlich einen supererfolgreichen Mann zu besitzen. Also hatten sie ein gemeinsames Ziel. Daneben liebte der Vater die Mutter und die Mutter die Kinder. Das war die Konstellation. Das meiste Geld ging wohl für Papis aufwendige Wahlkämpfe drauf. In einer Zeit, in der den Deutschen der Konsum alles bedeutete, pfiffen wir auf jeden Luxus. Alles wurde selbst genäht und gebastelt, niemals wurde Geld in Spielsachen oder Statusgegenstände gesteckt. Mit einer Ausnahme: Papi war Autonarr und schaffte sich immer mehrere Autos gleichzeitig an. Wir lebten in einem fünfhundert Jahre alten Haus, um Miete zu sparen. Das Putzen der alten Zimmer brachte Mami fast um.

Bild auf Bild legte mir Manfred vor, ohne etwas dazu zu sagen. Das war ungewöhnlich. Früher redeten wir immer über die Bilder. Der seltsame Sprachverlust hatte offenbar dazu geführt, daß er, wann immer es ging, gar nichts mehr sagte. Das konnte ja ein lustiger Urlaub werden! Ich sah uns schon stumm Sandburgen bauen. Ein Foto zeigte uns mit großen Blechschaufeln, diesmal *garantiert* aus Beständen der Wehrmacht. Gut zum Ausheben von Schützengräben. Ich fühlte deutlich, wie öde ich diese Freizeitbeschäftigung schon damals fand.

Manfred trug dabei eine Taucherbrille. Zumindest daran konnte man anknüpfen. Vielleicht gab es das

Gummiboot- und Taucherbrillengeschäft im kleinen Stadtkern noch? Wir hatten uns dort gern aufgehalten. Gegenüber hatte es eine Eisdiele gegeben und wenige Meter weiter die erste Pizzeria unseres Lebens. Selbst für Grottammare war das neu gewesen, als sie 1967 eröffnete.

Bei Fotos, die die Eltern einzeln zeigten, jeweils vom anderen geschossen, wurde ich sentimental. Bei Manfred-Fotos nie. Warum rührte er mich nicht? Die Mutter saß einmal zusammengesunken vor dem Hotel, sah nicht mehr wie ein Filmstar aus, sondern gedankenverloren. Eine traurige Frau, die nicht weiterwußte. Sie hat dann die nächsten Jahre wie die sprichwörtliche Fliege auf der Milch gestrampelt, so lange, bis die Milch fest war und sie herauskrabbeln konnte. Bei Papi war es eher umgekehrt. Für ihn lief es damals noch rund, er war attraktiv, bei den Frauen beliebt, umtriebig und voller Hoffnung. Außerdem war er immer noch froh, den Scheißkrieg überlebt zu haben – zusammen mit seinem Feldkameraden Helmut Schmidt übrigens. Zu diesem Zeitpunkt ahnte er noch nicht, daß er politisch versagen sollte und die geliebte Frau verlieren würde, ebenso wie sein gutes Aussehen. Da setzte er dann den eleganten Mercedes an einen Baum. Muß man verstehen.

Ich sah meinem Bruder in die Augen, diesmal etwas länger. Ich hatte plötzlich das Gefühl, in ihn hineinforschen zu sollen, um etwas mehr Verbindlichkeit herzustellen. Er blickte ernst und etwas starr zurück.

Wir hielten den Blickkontakt aufrecht, und ich merkte, daß Manfreds Augen anders geworden waren. Es war keine Flexibilität und Weichheit mehr in ihnen. Da waren jetzt zwei rotumrandete, irgendwie glühende blaue Kugeln, die mich durchbohrten, ohne mich zu meinen. Diese Kugeln korrespondierten nicht mehr mit den Fältchen, die man um die Augen hat und die dann erst einen Gesichtsausdruck herstellen. Das war natürlich etwas gespenstisch. Ich sah, daß mit Manfreds Gehirn etwas nicht mehr stimmte, daß da im Innern etwas kollabiert oder verglüht oder traurig ermattet sein mußte, bestimmt unter den Schmerzen echter Verzweiflung, nämlich der völligen Lebensratlosigkeit. Er hat nirgends mehr einen Ausweg gesehen, nehme ich an.

Und nun kam ich. Ausgerechnet der, von dem niemals ein Foto existieren durfte im ganzen Haus. Der, den mein Bruder mutmaßlicherweise niemals gemocht hatte. Aber auch der Mensch, mit dem er die meisten Tage verbracht hatte. Meine These, Manfred sei ein Opfer seiner zweiten Frau und müsse ›nur‹ befreit werden, bekam Risse. War alles zu spät? Oder würde er bei Tageslicht keine gespenstischen Augen mehr haben? Ich wandte meinen Blick lieber ab und sah wieder auf die Fotos.

Später setzten wir uns mit der Pflegerin an einen Tisch im Wohnzimmer. Das Gespräch kam auf die Flüchtlingsproblematik. Jessika war empört über die Mißstände der Unterbringung und die Untätigkeit der

Politiker. Insgeheim dachte ich, daß wahrscheinlich alle kommunalen Politiker seit Wochen keinen Schlaf mehr bekamen, weil sie natürlich vollkommen überfordert waren mit dieser neuen Völkerwanderung. Die Zahlen hatten sich im letzten Jahr vervierfacht, jetzt rechnete man schon mit achthunderttausend weiteren Flüchtlingen in diesem Jahr, doppelt soviel wie gerade erst berechnet, und weitere Millionen waren auf dem Weg. Allein im Niger – das war am Ende jeder vorstellbaren Welt – waren gerade hundertzwanzigtausend junge männliche Afrikaner Richtung Europa losgestapft, mitten durch die berühmte Wüste Sahara. Wenn sich erst herumsprach, daß man die Menschen nicht mehr im Mittelmeer ertrinken ließ, würden zehnmal soviel kommen. Oder alle. Ich sagte das nicht, denn ich wollte nicht Jessikas todsichere Antwort hören, die »Na und? Dann kommen eben alle!« gelautet hätte. Denn ich weiß nicht, ob ich den Satz »Genau, ich freue mich schon auf sie, sind auch nicht schlechtere Menschen als die Deutschen« ohne Versprecher hingekriegt hätte.

Das war nicht nur Feigheit. Ich wollte Jessika wirklich nicht kränken. Sie war ein Gutmensch, den ich zu akzeptieren begann. Ihr Gutmenschentum war tiefer verwurzelt als bei einer Heiligen. Will sagen: Ihre reine Seele teilte sich einem mit, und so etwas ist immer schön. Man kann nicht sagen, Hildegard von Bingen habe falsche politische Ansichten gehabt. Das ist eine untergeordnete Ebene. Daß das Gute dennoch zum

Bösen führen kann, war dennoch eine Möglichkeit. Darüber hatte schon Goethe alles Nötige gesagt.

Mit dem Taxi fuhr ich zurück in meine Berliner Wohnung, die ich mir speziell für solche gelegentlichen Hauptstadtbesuche hielt. Dort hatte ich das unverhoffte Glück – als wäre es eine Belohnung für mein großherziges Engagement gegenüber meinem Bruder –, daß Agnes anrief. Dazu hatte sie sich anscheinend Mut angetrunken, denn ich merkte, daß sie beschwipst war.

Sie freute sich wohl total auf die Reise. Das hätte ich nicht von ihr gedacht.

Sie sprach von ›Homo Faber‹, das ihr Lieblingsbuch sei, von Max Frisch. Ich hatte alles von ihm gelesen, nur das kannte ich leider nicht. Sie sagte, es handele von einem Vater, der sich in seine Tochter verliebe, und ob das mit der Verliebtheit bei mir auch so sei. Etwas zu schnell verneinte ich. Dabei war das gar nicht auszuschließen, aber meine Gedanken waren andere. Ich dachte an Manfred und an die problematische, wahrscheinlich entsetzliche Zeit mit ihm in den nächsten zehn Tagen. Das gute Kind – ich sage das, denn Achtundzwanzig ist das neue Achtzehn – konnte da nur das Weite suchen. Ein verliebter Homo Faber wäre das letzte, was die Stimmung retten konnte. Aber das wußte Agnes in dem Moment noch nicht. So sprachen wir über ihre nächste Ausstellung und vieles andere. Ich sagte, ich wolle eine bestimmte Zementplastik von ihr kaufen, die ich im Internet gefunden hatte, ein zimmergroßes, plumpes Unding, das an schiefe Wolkenkratzer erinnerte. Mir gefiel das wirklich. Es war so klobig. Aber Agnes sagte, sie habe »das Piece« zerstört. Es habe allen gefallen, aber es sei nicht transportfähig gewesen. In Grottammare wolle sie Aquarelle malen und viel zeichnen. Sie habe sich schon neue Zeichenhefte gekauft.

Die Themen wechselten nun blitzschnell, ich lenkte hierhin und dorthin, ihre süße Betrunkenheit ausnutzend. Sie war auf einmal absolut redselig, die sonst so abwehrbereite Agnes. Mir fiel auf, daß sie ihre Stimme senkte, wenn sie enttäuscht war, wie das nur kleine Kinder tun. Wenn man älter wird, lernt man, daß man Enttäuschung nicht zeigen darf, und verrät sich nicht mehr durch die tieferwerdende Stimme. Jedenfalls schien Agnes ein Herzchen zu sein, ein echter Darling, wie man vor Jahrzehnten gesagt hätte. So schön das für mich war, machte ich mir jetzt Sorgen um sie. In was hatte ich sie da hineingezogen!

1. Kapitel

Am nächsten Morgen saßen Manfred und ich im Flugzeug nach Rom. Er trug offenbar noch immer die-
selben Hawaiihemden, mit denen er schon als junger
Mann seinen schlechten Geschmack bewiesen hatte.
Ich sah nun genauer hin. Warum wirkten sie so daneben? Dunkelgraue Vierecke mischten sich mit hellblau-
grauen, die wiederum mit weißen Fusseln durchsetzt
waren, auf einem schwach dunkelblauen Grund. Aber
egal, ich war ja froh, daß er es bis zum Flughafen
geschafft hatte. Er kam mir auch schon vertrauter
vor, nicht mehr so tattrig. Jedenfalls nach den ersten
Schrecksekunden. Ich fand seine Bewegungen, als er
mit erheblicher Verspätung zum Gate vorrückte, erst
furchtbar, aber dann entdeckte ich, daß auch andere
Menschen so auftraten. Wir hatten offenbar einen
Seniorenflieger erwischt. Das wirkte sich auf meine
Stimmung nicht nur positiv aus. Überall alte, verfal-
lene Körper, Zombies, die einschliefen und schnarch-
ten, während ihnen Speichel aus den Mundwinkeln
tropfte und Haare aus den Ohren wuchsen. Ein apoka-
lyptisches Bild für mich und meinen Seelenzustand.
Das war die neue Lage, der ich mich zu stellen hatte.
Das Alter war gekommen, auch für mich, das Ende der

37

Dinge, der Jüngste Tag. Denn ich war im Prinzip nicht gerade Generationen jünger und frischer als diese Senioren, sondern einer von ihnen. An der Kinokasse war ich Tage vorher zum ersten Mal auf einen möglichen Seniorennachlaß angesprochen worden. Jedenfalls, und das war der gute Aspekt, sah ich, daß mein Bruder sich altersgerecht normal bewegte und wohl weder Parkinson oder Alzheimer noch sonst eine Demenzkrankheit hatte. Er sah auch nicht unbedingt *anders* aus als früher. Einst hatte er wie Jimmy Carter ausgesehen, der jüngste US-Präsident des letzten Jahrhunderts, und jetzt sah er eben aus wie der heutige Jimmy Carter, der Friedensnobelpreisträger.

Meine Rechnung ging in den folgenden Stunden auf – Manfred wurde mir wieder vertraut. Seine Papst-Benedikt-der-Sechzehnte-Stimme bekam wieder die alte Festigkeit. Nicht sofort, aber irgendwie von dem Moment an, da er mich wie in alten Tagen angeschnauzt hatte. Er war nämlich eigentlich ein Choleriker, was ich ganz vergessen hatte. Er war als Kind aufbrausend und ungerecht gewesen, uneinsichtig und komplett kompromißunfähig. Eine ziemliche Heimsuchung eigentlich. Aber nun war ich von Herzen froh, als das alte Charakterbild wieder durchschimmerte. Von einem Anschnauzer zum nächsten kam es deutlicher hervor. Nur ab und zu verfiel er noch in den Zustand des flüsternden Sterbenden.

Im Flugzeug vermieden wir zunächst ernste Gespräche. Ich wollte erst einmal zeigen, daß wir uns erholen konnten und nicht anstrengende Auseinandersetzungen vor uns hatten, mit grundsätzlichen Vorwürfen, die Lebensführung der letzten vierzig Jahre betreffend. Denn eigentlich hatten wir immer politische Differenzen gehabt, von Anfang an, die wir aber nie groß zur Sprache gebracht hatten. Für mich war Manfred immer der ideologisch verblendete Gutmensch gewesen, und er hielt mich sicher für einen rechten Knochen. Egal. Statt dessen begann Manfred recht bald von seiner Frau zu erzählen, und zwar erstaunlich offen.

Er berichtete, daß sie ihn zu immer mehr Ärzten schleppte und diesen erzählte, er sei geistig nicht mehr zurechnungsfähig. Er würde Dinge tun, an die er sich später nicht mehr erinnern könne. Sie konnte dafür nur ein einzelnes, recht vages Beispiel anführen, das sie jedoch immer wieder zur Sprache brachte. So soll er ihr einmal einen Traum erzählt haben, dessen Inhalt er am nächsten Tag revidierte und an dessen erste Fassung er sich später nicht mehr erinnerte. In der ersten Fassung soll er folgendes gesagt haben: »Stell dir vor, ich habe geträumt, ich hätte mich gerade angezogen, um mit meinem Bruder feiern zu gehen.« (Er hatte also tatsächlich von mir geträumt). Tags darauf konnte er sich nur noch daran erinnern, im Traum auf mich gewartet zu haben, um mit mir feiern zu gehen. Er wußte nicht mehr, daß er im Traum aufgestanden war und sich angezogen hatte. Okay, das war Haarspalterei, was Jessika da betrieb. Dennoch rutschte er immer mehr in das Raster des geistig Verwirrten hinein. Ihn bekümmerte das. Er traute sich nicht mehr, Jessika haarklein zu erzählen, was die vielen hinzugezogenen Fachärzte ihm über seinen Zustand erklärten. Denn jedes neue Detail verstärkte ihren unerschütterlichen Glauben, daß er schwer krank sei, Hilfe brauche und gegebenenfalls entmündigt werden müsse. Meine schlimmsten Befürchtungen wurden somit noch übertroffen. Man war auf dem besten Weg, meinen Bruder aus dem Verkehr zu ziehen. Es war vielleicht seine letzte Reise.

»Wie war denn eigentlich eurer Wellness-Trip?« fragte ich.

Er sagte, man sei nur zwei Tage lang unterwegs gewesen. Das Wetter habe nicht mitgespielt. Dann seufzte er und teilte mir sein größtes Problem mit:

»Jessika sieht es als elementaren Vertrauensbruch an, daß ich ihr nicht mehr alles von meinen Arztbesuchen erzähle. Es kränkt sie furchtbar. Sie meint, damit könne sie einfach nicht umgehen. Sie sei doch meine Partnerin. Sie ist deswegen so fertig, daß sie oft tagelang nicht mit mir spricht. Das ist wahnsinnig schlimm für sie, weißt du …«

Ich verstand das. Ungewöhnlich ehrlich erwiderte ich, das Leben sei mehr als eine Krankengeschichte, aber eben nicht für Jessika. Für sie sei das Leben genau das. Alles andere sei ihr denkunmöglich. Manfred müsse das berücksichtigen, aber das sei natürlich schwer. Eine im Grunde ausweglose Lage.

»Hast du auch Sonnencreme dabei?« fragte er unvermittelt. Ich bejahte. Er wollte den Sonnenschutzfaktor wissen. Ich wußte ihn nicht, und er begann eine Debatte über Schutzfaktoren. Es schien ihn mehr umzutreiben als das Problem mit seiner Frau.

Ich dachte, ich solle fairerweise auch ein bißchen über mich und meine Sorgen erzählen, um ihn aus der Rolle des Problemfalls zu befreien. Und so dozierte ich über meine eigene Ehe und den damit zusammenhängenden Freundeskreis. Es gab da nämlich überraschende Parallelen zwischen unseren beiden Biographien, so wie ich überhaupt in den folgenden Tagen viele lustige Gemeinsamkeiten entdeckte, vom absolut gleichen Portemonnaie bis zur Vorliebe für Pelikan-Füllfederhalter. Das war wie bei der Zwillingsforschung, Stichwort ›Bei der Geburt getrennt und dennoch ähnlich‹. Ich sagte also, meine zweite Frau sei zwar nicht gesundheitsfanatisch, besitze aber einen Freundeskreis, der es sei. Es handele sich um durchweg alte Menschen, alle viel älter als sie. Warum sie so alte Menschen mochte, ließ ich erst einmal beiseite. Es gab dafür einen politischen Grund, den anzugeben mir hier im Flugzeug zu kompliziert zu sein schien. Diese Freunde seien allesamt ehemalige Linksintellektuelle, die nun nur noch zwei Themen kennen würden: Ernährung und Gesundheit, besser gesagt: K und K, Kochen und Krankenhaus. Das habe auf meine Frau abgefärbt. Immer häufiger führe sie mit mir Gespräche über Krankheiten, Vorsorge, Krebs, kranke Freunde und so weiter, vor allem aber über

meine angeblichen Malaisen und gesundheitlichen Ver-
fehlungen. Sie würde immer besorgter werden. Gleichzeitig würden immer mehr Freunde erkranken. Jede
Woche wurde eine neue Krebsdiagnose gemeldet. Die
Einschläge kämen immer näher. Ich sei bereits in Panik
geraten deswegen.

Manfred ging nicht darauf ein. Er redete lieber wieder von sich selbst.

»Die Jessika sagt auch, wir sollten das Haus verkaufen
und umziehen, wegen der Beine. Wenn Jessika älter
wird, sagt sie, bekäme sie es vielleicht mit den Beinen.«

»Wieso mit den Beinen?« wollte ich wissen. Ich verstand den Zusammenhang nicht sofort.

»Das Treppensteigen. Das kann im Alter schon ein
Problem werden. Deswegen verkaufen wir jetzt das
Haus.«

»Wirklich? Ihr verkauft das schöne Häuschen? Da
sind doch kaum Treppen. Und Jessika ist doch erst in
den Vierzigern!«

»Jeder Mensch wird einmal älter.«

Ich wollte lieber nicht mit ihm streiten. Das ging
nämlich gar nicht. Er wurde bei jedem Widerwort
umgehend cholerisch, wie ich mich erinnerte. Ich versuchte es noch einmal:

»Ich weiß nicht, ob du das mitgekriegt hast, aber ich
war mein ganzes Leben eigentlich nur mit jungen Leuten zusammen ...«

Er nickte wohlwollend und schmunzelte in sich hinein.

»… und bei denen waren Worte wie ›Krebs‹ oder ›Krankenversicherung‹ nicht einmal im passiven Wortschatz vorhanden. Die dachten weder an die Pensionierung noch an irgendeine blöde Selbstkostenbeteiligung im Krankheitsfall. Auf diese Weise habe ich ja drei Ehen mit drei jungen Frauen durchgebracht. Jetzt bin ich aber mit einer ausgewachsenen Frau zusammen, die weder jung ist noch jung sein will. Die will alt sein.«

Er schmunzelte weiter. Ich wollte erzählen, wie diese Tür zum Alter, die meine jetzige Frau aufgerissen hatte – weit, weit aufgerissen hatte, viel zu weit für mich –, maßlose Angst in mir auslöste. Und ich nahm es immer ernst, wenn mir etwas Angst machte. Das hatte doch einen Grund. Ich war in die Todeszone geraten. Als ich hörte, daß mein Vorgänger bei ihr, ein Mann, der mir recht stark zu sein schien, braungebrannt und muskulös, jetzt mit Bauchspeicheldrüsenkrebs ins Krankenhaus eingeliefert wurde, läuteten in mir die Alarmglocken. Der nächste würde ich sein! Das bedrückte mich, und wem konnte ich das besser gestehen als meinem Bruder? Doch der dachte offenbar an etwas anderes:

»Wann müssen wir denn im Hotel Sylvia einchekken? Um zwölf Uhr, oder? Nicht, daß wir zu spät kommen.«

»Das ist denen völlig wurscht, wann wir einchekken!« sagte ich gereizt.

Er murmelte mit ängstlichen Augen, er müsse der

Jessika direkt nach der Landung sofort Bescheid geben, daß alles geklappt habe.

Er machte diesen Angstanruf auch wirklich, obwohl er bereits im Flugzeug, kurz vor dem Start, angerufen hatte, und später wiederholte er das noch oft. Jedesmal schien er davor und währenddessen vor Angst zu beben. Ich fand das beschämend, mußte aber auch erneut an mich denken, der ich praktisch dasselbe tat. Auch ich absolvierte diese Kontrolle ermöglichenden Angstanrufe mehrmals am Tag bei meiner Frau, der Chefin in unserer Beziehung. Was waren Männer doch für erbärmliche Wesen! Gut, daß ich wenigstens die junge Agnes aufgestellt hatte. Die würde das Kartell der Angst bald aufbrechen.

In Rom wehte immer noch dieselbe afrikanische Warmluft wie zu Beginn und in der Mitte des Jahrhundertsommers. Nun mußten wir das Leihauto finden, das Manfred gebucht hatte und das er auf Geheiß Jessikas nicht steuern durfte. Da er krankhaft geizig war – wie auch ich – hatte er eine kleine, unseriöse Firma genommen, um ein paar Euro zu sparen. Die hatte kein Büro am Flughafen, sondern irgendwo auf dem Land, zwanzig Kilometer entfernt. Die Leute konnten kein Englisch, und ihre Telefonleitung war ständig besetzt. Wir brauchten vier Stunden, um die Klitsche zu finden. In dieser Zeit bewährte sich Manfreds angeblich dahinsiechender Körper als erstaunlich einsatzfähig. Die kochende Hitze und sengende Sonne, die nervliche Belastung und die abenteuerlichen Umstände machten ihm nichts aus. Er schien sogar gestählt aus der Sache herauszukommen. Es tat meinem Bruder gut, nicht als Pflegefall, sondern als Held des Alltags auftreten zu können. Natürlich wurde er auch immer unwilliger, unwirscher, gereizter und brüllaffiger. Einmal schrie er sich seine ganze Wut aus dem Leib. Aber er zielte dabei nicht auf mich, sondern entschuldigte sich sogar dafür, den Leihwagen so doof gebucht zu haben. Ich sagte mit betont ruhiger Stimme:

»Solche Dinge passieren doch auf *jeder* Reise, Manfred.«

Ich glaube, daß er mir das hoch anrechnete. Jedenfalls lobte er mich einige Stunden später, was nicht unbedeutend war. Er lobte ja eigentlich nie, wenn ich mich recht erinnerte. Er sagte also:

»Bei der Leihauto-Sache hast du dich wie ein Fels in der Brandung verhalten.«

Stimmt. Ich hatte nicht herumgebrüllt. Ich hatte mich noch nicht einmal geärgert. Wozu auch? Wir waren sofort in genau den Abenteuermodus geraten, der mir gefiel. Später, als wir das Auto endlich bekommen hatten, war mir sein unbeherrschtes, so gänzlich unangemessenes, schlagartiges Losbrüllen schon nicht mehr so angenehm. In Gedanken war ich noch bei einem Mädchen, das in Hot Pants und knappem Top eine geschlagene Stunde lang vor uns gestanden und ebenfalls auf ein Auto gewartet hatte. Bei der Hitze schienen alle gutgebauten Mädchen nichts mehr anzuziehen. Was für Beine, was für eine Haut, was für eine kleine Nase – da war es nicht weit bis zu Gedanken an Agnes. Mein Bruder wollte jedoch, daß ich mich die ganze Zeit auf das Navigationsgerät konzentrierte. Ich ließ ihn nämlich ans Steuer. Und als ich einmal eine Sekunde lang nicht sofort reagierte, märte er beleidigt in Überlautstärke durch die Gegend:

»*Wo es langgeht, habe ich gefragt!*«

Ich sagte es ihm umgehend und ruhig.

Daß er so schnell die Fassung verlor, hatte ihm immer schon Mißerfolge eingetragen. Er hätte recht erfolgreich werden können ohne dieses schnelle Einge-schnapptsein. Aber immerhin, wir fuhren nun durch Italien. Der sterbende Bruder nahm wieder Fahrt auf. Ich war überzeugt: Er hatte überhaupt kein Parkinson. Leider hatte man die ›kleinen Schlaganfälle‹ ganz offi-ziell diagnostiziert, sonst hätte ich auch diese für Ein-bildung gehalten. Sagen wir so: Hätte er mich vorher getroffen, wären sie bestimmt nicht eingetreten. Nur das Leben nahm Einfluß auf Krankheiten. Er hätte schon früher anders leben sollen.

Wir passierten die Sibillinischen Berge, kurvten um den Monte Grasso herum und erreichten das Adria-tische Meer und Grottammare. Da wir an diesem Tag noch nicht im Hotel Sylvia einchecken konnten – es war erst am nächsten Tag frei –, mußten wir zu einem Freund fahren, der eine entlegene alte Villa in den Ber-gen hatte und als eine Art Pension betrieb. Durch die lange Autosuche war es nun fast dunkel geworden. Ich wollte meinen Bruder am Steuer ablösen, aber er strotzte vor Kraft und wollte weiter fahren. Nun war die mittelalterliche Villa nicht mit dem Navi ansteuerbar, da sie keine postalische Adresse hatte. Wir waren auf Wegbeschreibungen angewiesen, von denen wir mehrere hatten. Mit dem Handy erreichten wir den Freund nicht, es gab keinen Empfang in der verlassenen Gegend. Eine schmale Paßstraße führte nach siebenundzwanzig Kilometern an einen Abhang, also ins Nichts. Es war nicht möglich, auch nur zu wenden. Das ging erst, nachdem wir elf Kilometer wieder rückwärts gefahren waren, also im Rückwärtsgang. Vorübergehend kippte die Stimmung. Wäre mein Bruder wirklich moribund gewesen, hätte er nun definitiv seinen letzten Schnaufer tun müssen. Aber er wurde nur immer wütender und vitaler. Er schrie in die lichtlose Nacht:

»Ich will das nicht! Es ist zweiundzwanzig Uhr, und wir haben nichts erreicht! *Ich mache nicht mehr mit!*«

Nachdem wir die Paßstraße verlassen und mittels einer Landstraße ein völlig totes Dorf erreicht hatten, ging das Handy wieder. Wir riefen einen Freund des Villenbesitzers an, der uns eine dritte Wegbeschreibung sowie eine neue Telefonnummer gab. Die Nummer ging aber auch nicht. Die Wegbeschreibung schien unsere einzige Rettung zu sein. Wir fanden die ersten beiden aufgeführten Orte auch auf Anhieb, aber der dritte Ort tauchte nicht auf. Wieder fuhren wir stundenlang im Kreis.

Wir riefen erneut den Ratgeber von vorhin an, sagten, die Nummer sei falsch und der dritte Ort nicht zu finden. Er gab uns die nächste Handynummer. Diesmal nahm ein Knecht des Villenbesitzers ab. Wie bei meinem alten Verleger Helmut Grabow gab es in dem mittelalterlichen Anwesen wohl noch solche Leute, inzwischen Dienstboten genannt. Er sprach nur Italienisch und verstand uns nicht. Aber er traute sich nicht, einfach aufzulegen. Mein Bruder, der die Unterhaltung führte, fiel in sein schon überwunden geglaubtes Peter-Scholl-Latour-Nuscheln zurück. Ich riß ihm schließlich das grindige Nokia aus der Hand. Vielleicht war nur deshalb der Empfang so schlecht? Weil Manfred sein iPhone nicht mehr besaß? Die pflegende Partnerin hatte es ihm ja abgenommen.

Ich kam auch nicht viel weiter. So saßen wir dann ratlos im Auto. Nichts ging mehr.

Es war bereits dreiundzwanzig Uhr, als wir versuchten, ein Hotel zu finden. Die gesamte Küstenregion war aber ausgebucht. Manfred saß noch immer am Steuer. Den Tank hatten wir fast leergefahren. Das nächste Dorf, das wir anfuhren, war wie durch ein Wunder die verschollene dritte Stadt der falschen Wegbeschreibung. Nun riefen wir erneut deren Urheber an, der dann den Knecht anrief, der seinerseits versprach, uns in der Bar des Ortes abzuholen. Wir suchten die Bar, fanden sie nicht, weil es nämlich gar nicht der gesuchte Ort war, sondern nur ein Ort auf dem Weg dorthin. Wir hatten ein Hinweisschild schon für den Ort selbst gehalten. Kein Problem, dachten wir und fuhren eben den Weg weiter, der dann aber wieder im Nichts endete. Mein todgeweihter Bruder, obwohl angeblich kurz vor der Letzten Ölung, wuchs nun über sich hinaus. Wieder nahm er sich den Knecht vor, rief auf deutsch und italienisch Verwünschungen. Durch die kargen Felsen der Gegend um Ascoli Piceno donnerte seine Stimme wie die Schlußarie einer Wagner-Aufführung in Bayreuth. Ich verwende den Vergleich, weil ich noch nie in Bayreuth war – sicher klingt es anders, man verzeihe mir. Es ging nun voran. Der Knecht veranlaßte, daß wir mit mehreren Fahrzeugen gesucht und eine halbe Stunde nach Mitternacht sogar gefunden wurden.

Sogleich ging es uns wieder gut. Man reichte uns in der Villa ein bombastisches Nachtmahl mit klassisch italienischen Zutaten. Melone, Schinken, zehn Sorten Naturkäse, Weintrauben, eigener Rot- und Weißwein, spezielle Eierspeisen und – Geschichten. Der Knecht tat sich nun als Geschichtenerzähler hervor. Wir verstanden ihn nicht, aber es saßen noch Einheimische am Tisch, die neugierig auf die späten Gäste geworden und herbeigeeilt waren.

Am nächsten Tag begrüßte uns schon wieder der Knecht, erzählte weitere Geschichten. Soviel ich mitbekam, handelte es sich um die märchenhaften Taten, die die beiden Päpste, die aus Grottammare kamen, im Mittelalter begangen hatten. Auch Martin Luther kam vor, der mehrmals die Gegend bereist haben sollte – freilich noch vor der unseligen Reformation. Es war beeindruckend. Doch Manfred fühlte sich unwohl, wie

49

ich merkte. So gab ich schließlich das Zeichen zum Aufbruch. Ich hätte das gestenreiche Parlando gern noch länger bestaunt.

Übrigens war mein Bruder schon um sechs Uhr morgens aufgewacht, wie an jedem anderen Tag auch, wie er sagte. Er wache grundsätzlich immer um Punkt sechs Uhr auf, weil dann die Flugzeuge kämen. Sein Haus lag direkt über der Einflugschneise des Berliner Flughafens. Er mußte also eine Bärennatur haben, der Gute. Wir wechselten nun ins Hotel Sylvia. Er steuerte den SUV bis zum Hotelparkplatz und machte nur wenige Fahrfehler. Ich registrierte das genau, schon aus eigenem Interesse. Am ersten Tag hatte ich noch dreimal ins Steuer greifen müssen. Einmal, weil Manfred sich dem Navi zugewandt hatte, und zweimal, weil er die Kurve falsch berechnete und sonst die Leitplanke touchiert hätte.

So bezogen wir also unser eigentliches Quartier, das Haus unserer Jugenderinnerungen, das Hotel Sylvia.

2. Kapitel

Es zeigte sich nun, daß mein Bruder im Grunde weder ein Verhältnis zu seiner Jugend noch zum Hotel Sylvia, noch zu Grottammare oder der nordniederbayerischen Heimat hatte, sondern nur eines zu mir. Ich fand das seltsam. Hatte er denn keine Wurzeln? Worauf stützte sich seine Identität? Dachte er nie an früher? Bedeutete ihm die Kindheit nichts? Und wenn es so war, warum war ich dann noch wichtig? Das Mobiliar des Hotels stammte – sagte ich es bereits? – noch völlig unverändert aus den sechziger Jahren, und das Wiedererkennen begeisterte mich. Manfred erkannte nichts wieder, sondern rümpfte über den schlechten Zustand der verbrauchten hölzernen Innenausstattung die Nase. Dieses Hotel hatte gewiß keine fünf oder vier Sterne, meinte er, wahrscheinlich nicht einmal drei. Schon die Stunden in der mittelalterlichen Villa hatten ihn gelangweilt. Als ich mich einmal für eine halbe Stunde mit einem Buch zurückzog, wollte er sofort aufbrechen. Für ihn hatten die herrlichen Eindrücke dort – man sah über die ganze malerische Hügellandschaft der sogenannten Marken, also der Feriengegend unserer Kindheit – keinen Wert, und die in Grottammare auch nicht.

Am ersten Tag wollte ich mit ihm zum Strand gehen und mit den nackten Füßen durchs Wasser laufen, aber er sah darin keinen Sinn. Wörtlich sagte er, er könne das nicht machen, weil danach seine Füße sandig seien. Lieber wollte er wieder mit dem Auto fahren, irgendwohin, wo er noch nicht gewesen war. So fuhren wir nach Ascoli Piceno. Ich konnte das ruhig für ihn tun, denn Agnes sollte erst am zweiten Tag zu uns stoßen.

Manfred wußte natürlich noch nichts von ihr, und das Hotel auch nicht. Ich mußte mir einen Plan ausdenken. Als ich einmal an der Rezeption vorbeikam und den Chef sah, wandte ich mich vertrauensvoll an ihn und deutete an, dass *la mia figlia* uns noch besuchen würde, wahrscheinlich, oder jedenfalls möglich, irgendwann, morgen vielleicht. Sie heiße Agnes. Ich mußte es mehrmals sagen, da die Verständigung mit ihm, der keine Fremdsprachen beherrschte, schlecht war. Das war mir ganz recht. Auf diese Weise konnte ich im Verschwommenen agieren. Seine Frau sprach Englisch, die hätte sogleich Näheres wissen wollen.

Beim nächsten Gang nach draußen sah ich beide an der Rezeption, und ich fragte den Mann nur flüchtig, ob er Agnes schon gesehen habe. Er begriff nicht gleich. Seine Frau sah ihren Mann vorwurfsvoll an, als verlange sie sofort eine Erklärung. Schließlich schaltete der Mann und verneinte temperamentvoll. Ich sah noch, wie er seiner Frau erklärte, ich würde meine Tochter erwarten. Ich hörte die Worte *la figlia, la figlia –*

oh, die Tochter, aber da war ich schon draußen. Mein Bruder war bei der Szene natürlich nicht zugegen. Dem mußte ich etwas anderes erzählen. Ich sagte ihm, eine Kollegin von mir sei auf der Durchreise und wolle ebenfalls in der mittelalterlichen Villa übernachten. Ich würde sie wohl hinfahren. Sie heiße Agnes. In Wirklichkeit wollte ich mit ihr ein paar Stunden verschwinden, dann wiederkommen und sagen, Agnes würde bei uns wohnen, da die Villa bereits belegt sei.

Abends aß ich mit meinem Bruder im Speisesaal des Hotels. Die Vollpension enthielt drei Mahlzeiten täglich, die wir uns nicht entgehen ließen. Die Fahrt nach Ascoli Piceno hatte ihm gut gefallen. Er war dabei wieder aufgeblüht, hatte jung und selbstbewußt gewirkt. Im Speisesaal redeten zwanzig kinderreiche italienische Familien wild durcheinander, man verstand sein eigenes Wort nicht. Aber Manfreds Stimme war so stark geworden, daß wir uns gut unterhielten. Ich brachte das Gespräch auf unsere Eltern, unsere Ferien, unsere Vergangenheit. Seine Antworten waren nichtssagend und lieblos. Ich erinnerte mich daran, daß Mami einmal einen Roman in Grottammare geschrieben hatte. Immer, wenn wir Kinder vom Strand kamen, hatte sie fünf weitere Seiten fertig, die sie uns vorlas. Wie man sich ausmalen kann, hatte das auf mich einen großen Einfluß. Meinem Bruder fiel dazu jetzt nur ein, daß unsere Mutter das Buch überall angeboten habe, dass es jedoch nie verlegt wurde – eine Pleite sei das gewesen.

Am Nebentisch saß ein sensationell gutaussehendes, wirklich ganz reizendes, minderjähriges Mädchen, und ich dachte halblaut darüber nach, ob wir damals in Grottammare, in den letzten Jahren wenigstens, nicht so ein Mädchen hätten gewinnen können. Im letzten Jahr war Manfred bereits sechzehn Jahre alt gewesen. Hätte er sie nicht gern geküßt? Das Mädchen streckte und reckte sich neben uns, als wollte es vor unseren Augen wachsen wie eine Blume. Manfred sah nicht einmal hin. Sie trug die nun international üblichen kurz nach dem Schritt abgeschnittenen Jeans, ein sehr rotes, klassisches Coca-Cola-T-Shirt, sehr lange Beine und Turnschuhe. Ich bat Manfred, sich wenigstens einmal ihre Figur anzusehen. Mürrisch schielte er für einen Augenblick hinüber, ohne den Kopf zu bewegen. Sie hatte lange kastanienbraune Haare und ein hübsches kleines Katzengesicht mit lustigen, italienisch dunklen, pubertätsbedingt neurotischen Augen, die unablässig im Raum hin und her flogen. Längst hatte sie uns schon gesehen. Aber Manfred hatte sie noch nicht gesehen und würde sie nie sehen.

Denn er interessierte sich nicht für solche Sachen. Sogar der aparten Mutter des Mädchens war meine menschliche Neugierde aufgefallen, und sie grüßte uns mit einem tiefen, wohlwollenden Blick. In dem Moment schossen mir gleich mehrere bahnbrechende Erkenntnisse durch den Kopf. Erstens: Manfreds vollkommenes Desinteresse am gleichaltrigen weiblichen Geschlecht hatte seine Jugendjahre verpfuscht und damit indirekt auch meine. Zweitens: Sein Desinteresse galt nicht nur der erotischen Schönheit, sondern der Schönheit insgesamt. Als wir nachmittags in der größten Tageshitze an der ausgeglühten Hafenstadt Porto d'Ascoli vorbeifuhren und von der erhöhten Bergstraße aus auf die weiße, große Stadt am Mittelmeer blickten, auf diese Myriaden von hingeworfenen, ausgebleichten Zuckerwürfeln vor dem tiefblauen, endlosen Meer, mußte ich einfach sagen:

»Manfred, schau nur! Was gibt es Schöneres als eine weiße Stadt am Mittelmeer im Sommer!«

Er reagierte nicht, sondern brüllte:

»*Du wolltest das Navi an-schau-en! Ab-bie-gen oder nicht ab-bie-gen?*«

Aber, wie gesagt, nun saßen wir wieder traulich im Speisesaal, und ich versuchte, ein zivilisiertes Gespräch über Mami und Papi in Gang zu bringen. Manfred war immerhin der einzige Mensch, den ich über meine früh verstorbenen Eltern ausfragen konnte. So bat ich ihn, mir zu sagen, was ihm spontan zu Papi einfalle.

»Er war aufbrausend.«

Interessant. Das war doch genau die Eigenschaft, die Manfred selbst ausmachte. Und sonst noch etwas?

»Das Radio in seinem Mercedes war gut, hatte eine gute Antenne. Da konnten wir die Fußball-Bundesliga sogar in Italien hören. Hast du jetzt eine Sonnencreme mit dem richtigen Sonnenschutzfaktor besorgt?«

So ging es die ganze Zeit. Da ich nicht weiterkam, redete ich lieber über Politik. Mein Bruder mochte wohl manchmal wie Peter Scholl-Latour nuscheln, aber in seinen Mails zeigte sich noch der klare, an der Frankfurter Schule ausgerichtete Geist. Warum also nicht mit Manfred über die aktuelle Flüchtlingsproblematik diskutieren? Vielleicht würde das Spaß machen. Ich fragte rundheraus:

»Wie findest du eigentlich das Flüchtlingsdrama gerade?«

»Ich habe nichts gegen die Flüchtlinge. Dieses Gerede von ›Das Boot ist voll‹ finde ich beschissen. Wir können sehr wohl achthunderttausend aufnehmen.«

»Aber auch achthundert Millionen?«

Ein munterer Austausch begann. Ich unterschied zwischen Freund und Feind, während er alle Menschen als gleich ansah.

»Ja, bei der Geburt sind sie gleich«, sagte ich, »aber danach wird ihre Persönlichkeit geprägt, und zwar von der Gesellschaft, in der sie leben. Ist diese zum Beispiel besonders frauenverachtend, demokratiefeindlich und – das vor allem – antisemitisch, so werden auch sie so werden. Kommen sie später zu uns, sind sie nicht zu integrieren.«

Er schwieg grantig, wirkte aber auch nachdenklich. Auf diesem Wege konnte man ihn vielleicht beeinflussen. Ich schöpfte jedenfalls Hoffnung. Weitere Diskussionen würden ihm zweifellos guttun, während weitere Telefonate mit Jessika ihm schadeten. Nach jedem der stündlichen Angsttelefonate ging es ihm wieder so schlecht wie am Anfang. Er klang dann wie Rotkäppchen, das mit der Großmutter gesprochen hatte und sehr wohl ahnte, daß es der Wolf ist. Aber auch das ging vorüber – für mich, denn am nächsten Morgen kam Agnes.

Sie betrat mit einem zentnerschweren Riesen-Rollkoffer die Lobby, so daß die Hotelleitung und auch mein Bruder sofort merkten, daß sie bei uns einziehen wollte. Ihre unbefangene, uneitle und kameradschaftliche Art bezauberte mich gleich in der ersten Sekunde, als sie breit grinsend in der Tür stand, das Gesicht fast verzerrt vor Schüchternheit und heller Freude. Aber wie würde mein Bruder auf dieses Wesen reagieren, diese Ein-Meter-achtzig-Sexbombe der herzlichen Art? Marilyn Monroe war dagegen ein graues Mäuschen.

Langsam und lautlos tastete er sich von seinem Zimmer aus in Richtung der Geräusche, die er hörte – kerniges Lachen, freundliches Aufeinander-Einreden, zustimmende Worte, eine gute Laune offenbar, zwischen mir und einem fremden Menschen. Dann sah er Agnes in ihrem körperbetonten, schwarzweiß gestreiften, bis über das Knie reichenden leichten Sommerkleid, die hellblonden Haare gelöst, und sein Mund ging nicht mehr zu. Mit kugelrunden, geröteten, fassungslosen Augen und hängendem Unterkiefer stand er hinter ihr, die ihn nicht gleich bemerkte. Mein armer Bruder! Aber ich hatte mich natürlich auf diesen Moment vorbereitet. Jovial federte ich aus dem Sessel, in dem ich gerade saß, umkurvte die statuenhafte Frau, nahm

Manfred bei der Schulter und erklärte in gespielter Naivität, das sei die gute Agnes, von der ich ihm schon erzählt hätte, und daß es wirklich eine Freude für uns sei, sie hier begrüßen zu können und bei uns zu haben in Grottammare! Und zu Agnes sagte ich im selben arglos-freudigen Tonfall, das sei also mein Bruder Manfred, von dem ich ihr ja ebenfalls schon so viel erzählt hätte!

Es wirkte ein bißchen. Manfred machte den Mund zu, kam näher, mit einem Gesichtsausdruck beginnender Zuversicht. Agnes machte es ihm leicht, gab ihm die Hand und lachte dabei ihr ehrliches Kinderlachen. Aber wie ging es weiter? Manfred deutete schwerfällig auf den roten Monster-Rollkoffer.

»Sie ... hat ... ihren Koffer ... dabei?« fragte er langsam wie ein Roboter aus frühen Fernsehserien.

Ich ignorierte das und zog ihn auf einen Stuhl. Agnes setzte sich auf die Bettkante, und ich rückte eng an beide heran, um Intimität zu suggerieren. Ich legte sogar kurz meinen Arm um Manfreds Schulter und faßte auch Agnes zutraulich an, mal am Nacken, mal am Ellenbogen, und sagte dabei launige Sätze über das lange brüderliche Verhältnis zwischen ihm und mir:

»Einen älteren Bruder zu haben ist eine feine Sache, vor allem in der Schule. Die feindlichen Kinder der Ureinwohner konnten mir nichts anhaben, selbst wenn er hundert Meter entfernt war. Sie wußten, er würde kommen und sie verhauen, wenn man mir auch nur *ein Haar* krümmte!«

Agnes lachte und erzählte von ihrem eigenen Bruder, der – man möchte sagen: natürlich – ein jüngerer Bruder war. Ich achtete darauf, daß Manfred im Spiel blieb, und kramte weitere Geschichten von früher hervor. Wie wir in Grottammare Vierrad gefahren waren. Wie die schöne Sorella ihn gemocht hatte. Das stimmte sogar ein bißchen. Sorella war eine mythische Figur aus unserer Kindheit. Eine wohl zu schöne Frau, die nicht geheiratet hatte und deshalb die Großeltern und andere Familienmitglieder pflegen mußte (oder umgekehrt: die als Pflegekraft gebraucht wurde und deshalb nicht heiraten konnte). Manfred fühlte sich geschmeichelt und lebte auf. Er hatte kein Auge für junge Strandschönheiten, aber eine ausgewachsene Amazone wie dieses charismatische Wesen zwischen uns konnte ihm vielleicht gefallen. Ihre schöne Brust hob und senkte sich, ich merkte, wie er hingucken mußte. Als Agnes etwas aus ihrem Koffer brauchte und den bleischweren Kasten mühelos mit einer Hand in die Höhe lupfte, schluckte er trocken. Vorher hatte er, ganz Gentleman, das Ding vergeblich zu transportieren versucht. Er registrierte das alles mit Bewunderung. In gewisser Weise kam er zum ersten Mal seit Jahren wieder mit dem Leben in Berührung.

Erhitzt und erschöpft von der langen Fahrt, wollte sich unser neuer Gast erst einmal duschen. Ich sagte zu Agnes, sie solle lieber Manfreds Dusche benutzen, meine sei defekt. So gingen die beiden in den anderen Teil der Suite. Manfreds Motorik hatte sich schon verändert. Er ging wie ein Mensch, nicht wie ein Elektro-mobil.

Nach dem Duschen fönte sie sich die Haare. Dies-mal war ich es, der an ihr kleben blieb. Ich ließ es mir nicht nehmen, sie beim Fönen, Schminken und Schön-machen anzustarren. Natürlich scharwenzelte auch der Bruder die ganz Zeit herum. Eine Frau im Haus, strah-lend wie ein Filmstar, und keine Pflegerin! Ich war-tete insgeheim schon schadenfroh auf den nächsten Kontrollanruf. In Manfreds Gefängniswelt war ›Lügen‹ streng verboten. Er mußte immer alles sagen. Wer nicht alles sagte, zeigte damit, daß er kein Vertrauen hatte (in die Pflegerin). Und wurde dafür mit härtestem Lie-besentzug bestraft.

Diese Regeln bestanden natürlich nur innerhalb der allumfassenden ›Alles ist Krankheit‹-Philosophie. Alle Ereignisse waren Ereignisse innerhalb der Kran-kengeschichte eines Menschen. Wenn Manfred ver-schwieg, daß er einmal gerülpst hatte, mißbrauchte er auf schändliche Weise das Vertrauen seiner Frau, denn der Rülpser hatte womöglich eine Bedeutung in Bezug auf seine diversen vermeintlichen Erkrankungen.

Nur: Agnes paßte nicht in dieses Weltbild. Es konnte beim besten Willen keinen krankengeschichtlichen Bezug zu ihr geben. Also mußte Manfred nichts über sie an Jessika weiterleiten. Ob er das auch wußte?

Um meine Fabel von der mißlungen Unterbringung durchzuspielen – die dann ein Wohnen im Hotel Sylvia nötig machen sollte –, fuhr ich mit Agnes zu der mittelalterlichen Villa in den Bergen. Eigentlich war es gar nicht mehr nötig. Mein Bruder hätte auch ohne diesen logischen Schlenker mitgemacht. Aber da ich es tags zuvor so dargestellt hatte und ihm in dem Plan seine Rolle zugewiesen hatte, befolgte Manfred diesen Plan, so wie er alle Pläne befolgte. Pläne waren sein Leben – auch schon vor seiner jetzigen Frau. Er konnte nie etwas genießen, sondern mußte immer alles in Tages- und Zeitpläne zwängen, die dann unter allen Umstän- den einzuhalten waren. In diesem Sinne war er einfach ein altmodischer Mensch. Zwischen ihm und mir lag wahrscheinlich genau jener Traditionsbruch, der die ganze Gesellschaft durchzog. Dort die alten Knacker, die alles bestimmten und inzwischen sechzig Prozent der an Wahlen teilnehmenden Bürger ausmachten, und hier die für immer Jungen, die nie anders als frei lebten und mit dem Fluch geschlagen waren, nie erwachsen zu werden. Egal. Was ich sagen wollte: Ich mußte mit Agnes zur Villa fahren. Manfred erinnerte mich ständig daran. Wir nahmen Agnes' Wagen. Man- fred blieb wehmütig zurück.

Im Hotel hatte ich gesagt, Agnes sei meine Tochter, und diese Version behielten wir auch in der Villa bei. Es war sicherer so. Der Hausdiener zeigte uns alle möglichen Zimmer, um anzugeben. Er wollte vor der tollen Frau seine Show haben. Die Zimmer waren auch wirklich sehr unterschiedlich und damit sehenswert. In jedem einzelnen stellte ich mir zwanghaft und auch naheliegenderweise vor, wie wir miteinander schlafen

würden, oder – wie man inzwischen sagte – *Sex haben*
würden. Ich wollte eigentlich nie *Sex haben*, aber jetzt
verdrängte ich das. Später auf der Terrasse, wo man für
uns servierte, war ich wieder bei Verstand. Ich sagte
väterlich *Kleines* zu ihr, um sie zu ärgern.

Der Hausknecht schien mich ins Herz geschlossen
zu haben. Er hielt seine ausufernden Reden über die
revolutionäre Seite der römischen Geschichte im Raum
um Ascoli Piceno nicht nur aus krankhaftem Redefluß,
wie mir schien. Er sah mich so lieb an, dieser feurige
Zweiundsiebzigjährige. Von ihm konnte mein Bruder
lernen, wie man im Alter nicht alt aussieht. Bald saßen
noch drei weitere Hausbewohner an der langen Tafel
im Freien, ein in Ascoli Piceno geborener Orgelspieler, eine Opernsängerin aus Moskau und ein Gesamt-
schullehrer aus Deutschland. Der Lehrer war gerade
Vater geworden, mit über sechzig. Die sonst wohl
hochattraktive Opernsängerin fühlte sich durch Agnes'
höhere Strahlkraft herausgefordert und gedemütigt.
Bald machte sie nur noch ein *schönes Gesicht*, die blon-
dierte russische Puppe, und sah dabei schwachsinnig
aus. Der Orgelspieler sagte als erstes, sein Großvater sei
Faschist gewesen. Also der faschistische Bürgermeister
von Ascoli Piceno. Ich nahm den Ball auf und erzählte,
wie mein Vater die Stellung am Monte Cassino vertei-
digt hatte und später eine italienische Munitionsfabrik
mit achthundert italienischen Frauen bewachte. Er habe
die italienischen Frauen geliebt, sagte ich salbungsvoll.
Agnes schlug sich losprustend die Hand auf den blan-

ken Schenkel, halb empört, halb belustigt. »Achthundert Frauen für einen Mann! Eine Frechheit.«

Das Essen war so naturbelassen und zubereitet wie in früheren Jahrhunderten oder Jahrtausenden, also ein Traum. Auch der Ausblick auf die Gegend der sogenannten ›Marken‹ war wieder bestechend, und Agnes wurde tatsächlich davon angezogen. Sie meinte, wir könnten doch wirklich ein Zimmer nehmen. Ich war aber längst wieder klar im Kopf und wußte, daß *Sex machen* das letzte war, was unserer charmanten Dreierbeziehung im Moment guttun würde. So genoß ich noch etwas das pittoreske Abendmahl und mahnte dann zum Aufbruch mit dem Hinweis, meinen geliebten kranken Bruder nicht allein lassen zu wollen. Sie solle aber ruhig ein Zimmer nehmen und das Abenteuer einer sternenklaren Nacht in den Marken erleben.

Agnes fiel in sich zusammen. Sie war sichtlich nicht ein Mensch, der seine Gefühle verbergen konnte. Für mich war es erschütternd zu sehen, wie sie mit schreckgeweiteten Augen und nach unten gebogenen, bebenden Lippen, als würde sie gerade weinen, den Koffer aus dem Auto holte, den wir ursprünglich nur zum Schein mitgenommen hatten. Aber ebenso schnell gehen solche Wallungen auch vorbei. Während sie mich zurückfuhr, lachte sie schon wieder.

Sie stellte mir viele persönliche Fragen. Wo ich wann mit wem, warum, wie lange gelebt hätte, wie meine zweite Frau gewesen sei, wie das Verhältnis meiner Cousine zu meiner ersten Frau sich gestaltet habe und was mein Bruder damit zu tun gehabt habe – und so weiter, so was in der Art. Dabei fuhr sie mit Karacho die Serpentinen entlang. Der holprige Weg fand sich auf keiner Straßenkarte. Sie war eine gute Fahrerin, ohne besonders viel Übung zu haben. Sie konnte einfach alle praktischen Dinge von Natur aus gut. Als wir uns in Grottammare verabschiedeten, küßte sie mich fest auf den Mund, oder ich sie, es war ungeplant und unverkrampft. Eine gute Sekunde oder knapp zwei. Wie gesagt, sie konnte die natürlichen Sachen gut.

Im Hotel wurde mir dann bald klar, daß ich einen Fehler gemacht hatte. Mein Bruder war nämlich wirklich ein anderer geworden, und das war nicht nur angenehm für mich. Aber ich will der Reihe nach berichten. Als ich unsere Suite betrat, war er weg. Ich rief ihn an, und das billige Nokia-Altgerät funktionierte diesmal sogar. Seine Stimme war auf einmal tatsächlich zu verstehen, ich mußte nicht jedes Wort dreimal in die Adria brüllen. Er war nicht weit weg, im Stadtzentrum, und hörte sich »ein Rock-Konzert« an. Das Wort hatte ich lange nicht mehr gehört. Er sagte, ich solle Richtung Zentrum gehen, er würde mir entgegenkommen. So machten wir es auch. Fünf Minuten später lief Manfred mit dynamischen Schritten auf mich zu. Er wollte schnell zurück zum Open-Air-Konzert der Gruppe ›Sott Scala Ventura‹ und ging mir eilig voran, ich kam kaum mit.

Er beschrieb mir im Laufen die Band. Die Sängerin sehe wie Gianna Nannini aus und singe auch so. Nicht schlecht also. Die Frontfrau mache ihre Sache gut, nur habe sie ein Pferdegebiß. Wir standen schließlich am Marktplatz von Grottammare und hörten uns die restlichen Songs an. Es war rührend bieder, mir gefiel es. Die Lieder stammten alle aus den siebziger Jahren. Ich wurde sentimental. Ich hätte nie gedacht, daß mir jemals in meinem Leben blöde Rockmusik gefallen würde, aber in der italienischen Version klang es völlig anders, nicht so stumpfblöd rebellisch, sondern elegant und feminin. Mein Bruder wurde mir plötzlich lieb und teuer. Eine Woge der Wertschätzung für ihn durchströmte mich. Ich hatte für ihn auf einmal das Gefühl, das ich vor Jahrzehnten einmal gehabt haben mußte, denn ich erkannte es klar wieder, dieses Gefühl, das ich aber dann vergessen hatte. Er war für mich gar nicht ein Leben lang der Loser gewesen, die Heimsuchung, das gefürchtete Gegenteil meiner selbst, die personifizierte Spaßbremse. Wie er jetzt so neben mir stand, hielt ich ihn für einen bahnbrechend lebenstüchtigen jungen Mann, einen kampfeslustigen Mitstreiter in der gemeinsamen Sache, die das vor uns liegende lange Leben war. Er war neunzehn Jahre alt und ich siebzehn. Es war überhaupt nichts anders geworden. Er stand da und ich daneben. Wir sahen uns bei jedem neuen Lied aufmunternd an. Ihm gefiel die Musik, weil es alte Rockmusik war, und mir gefiel sie, weil es wie Gianna Nannini klang. Die triumphale, metallische, hymnische Stimme traf mich ins Mark. Und da genau dort, im Mark der Knochen, auch soeben die Wirkung des vorhin erhaltenen Kusses angekommen war, kam es zu einer emotionalen Dopplung und somit Explosion. Ich konnte die Tränen plötzlich nicht zurückhalten.

Natürlich hatte ich Angst, Manfred könnte das bemerken. Er würde dann denken, ich weinte um ihn, den ich für einen Todeskandidaten hielte. Dabei wäre er auf den wahren Sachverhalt nie gekommen. Er hielt sich ja selbst für völlig gesund, und vielleicht war er das sogar. Es gab viele Menschen, die schon in ihrer Jugend tattrig und fahrig waren, zum Beispiel die Kiffer. Die hatten doch auch nichts.

Ich ging in eine Eisdiele am Marktplatz, versteckte mich in der Toilette und beruhigte mich wieder. Manfred merkte es gar nicht. Auf dem Heimweg machten wir noch Umwege, um uns länger zu unterhalten. ›Hey Tonight‹ sei an das Original von Creedance Clearwater Revival dann doch nicht herangekommen, fachsimpelte mein Bruder, während ich lieber das Thema wechselte. Ich sagte, Agnes habe es bedauert, daß er nicht mit uns gefahren sei, und nach dem Grund gefragt.

»Warum hätte ich euch denn begleiten sollen?« fragte er.

»Ja, warum denn *nicht*? Ihr habt euch doch wunderbar verstanden!«

»Ja? Findest du?« sagte er erfreut.

»Jetzt verarsch mich nicht. Das weißt du ganz genau.«

»Hm, stimmt, die Chemie war wirklich recht gut

zwischen uns. Ich kann das sagen, weil ich so was schon lange nicht mehr erlebt habe.«

»Was, *so was*?« bohrte ich böse nach.

»Ja … das mit Agnes, das Ding zwischen uns.«

»Manfred, sag nicht ›Ding‹ dazu, das klingt vulgär.«

»Verdammt, dann eben nicht!«

Oje, wieder wurde er gleich *aufbrausend*. Der Vater kam in ihm durch.

»Entschuldigung, ich wollte ja nur sagen, was Agnes gesagt hat und daß sie dich wahrscheinlich mag.«

»Hat *sie* denn wenigstens eine anständige Sonnencreme dabei, mit Sonnenschutzfaktor zwanzig?«

»Oh ja! Hat sie! Frag sie nur, da freut sie sich.«

Das war gelogen, aber durchaus möglich, dachte ich, und womöglich der Beginn einer wunderbaren Freundschaft im wahrsten Sinne des Wortes. Eine Verbindung der beiden wäre wirklich einem Wunder gleichgekommen, auch wenn Agnes überaus menschenfreundliche Züge hatte und tatsächlich zu mir gesagt hatte, sie hätte nichts dagegen, Manfred auf unsere Unternehmungen immer mitzunehmen. Ich hatte mich natürlich mit ihr über ihn unterhalten. Sie hielt ihn zunächst für wesentlich älter als mich. Ihre erste Reaktion war ernüchternd: »Der wirkt doch wie der alte Opa, der gerade aus dem Krankenhaus kommt.«

Aber es gelang mir sofort, ihn in ein besseres Licht zu rücken. In der Folgezeit wurde sein Bild immer facettenreicher.

3. Kapitel

Denn das war wirklich eine Besonderheit Manfreds: Er war in extremer Weise *unterschiedlich*. Innerhalb von Sekunden wechselte seine Erscheinung vom fistelstimmigen Altpapst zum souveränen Manager in den besten Jahren. In meinen Erzählungen machte ich aus ihm einen ruhigen, gedankenvollen Filmregisseur, der eine ganze Crew umsichtig leiten konnte. Das war er wirklich einmal gewesen, vor sehr vielen Jahren. Inzwischen drehte er noch ab und zu einen Film, sehr selten, der letzte war vor drei Jahren im Regionalfernsehen gelaufen, kurz bevor die pflegende Freundin in sein Leben getreten war. Seitdem scheiterten alle Projekte. Ich machte ihn also zum »etwas anderen Wim Wenders«, wie ich mich Agnes gegenüber geschickt ausdrückte. Von der inspirativen Kraft her sei er auch gut mit Werner Herzog zu vergleichen, ein *Werner Herzog in jung* sozusagen, denn Manfred war ja jünger als der deutsche Paraderegisseur. Jeder andere Mensch in Agnes' Alter hätte meine Angaben kurzerhand nachgegoogelt, aber das war nicht ihre Art, wie ich feinfühlig voraussah. Agnes war nicht vulgär. Jedenfalls konnte mein Bruder beides sein, sprachgestört alt und vitaleloquent jung, und wieder zurück, alles in Abständen von nur einer Viertelstunde, so daß seine Frau Jessika völlig recht hatte, wenn sie ihn auf der Stelle ins Krankenhaus verlegen wollte – aber auch Manfred recht hatte, wenn er sagte, ihm fehle rein gar nichts. Da man aber Frauen niemals widersprechen darf, und Ehefrauen schon gar nicht, und im Krankenhaus beschäftigten Ehefrauen schon überhaupt nicht, zog verständlicherweise eine Krise auf. Denn bei den stündlichen Kontrollanrufen, deren Frequenz übrigens nachließ, behauptete Manfred nun immer dreister, es gehe ihm gut und er sei nicht mehr krank. Einmal sagte er sogar stolz, er sei alleine, also ohne mich als Aufpasser, Auto gefahren. Von dem Moment an schaltete Jessika auf Liebesentzug. Die Kontrollanrufe wurden eingestellt! Die Kommunikation verlief nun via SMS. Manfred schrieb ohnehin jeden Morgen und jeden Abend eine SMS. Jessikas Antworten wurden frostig.

Am nächsten Morgen überraschte mich mein Bruder mit der Nachricht, er habe den Fußweg entdeckt, der vom ersten Ferienhäuschen, das wir in den sechziger Jahren bewohnt hatten, zum Hotel Sylvia führte, dem Schauplatz unserer Familiengeschichte in den siebziger Jahren. Das war natürlich eine Sensation. Ich zog mich an und bat ihn, mir den Weg zu zeigen. Es war ein schmaler Trampelpfad, den nur Kinder betreten konnten. Nie hätte ich gedacht, daß es ihn ein halbes Jahrhundert später noch gab.

Mühsam ging es bergauf, die Sonne brannte am Berg noch gnadenloser als am Meer, das war schon damals das Problem gewesen. Aber die Strecke erschien nun kürzer, nicht kilometerlang wie in der Erinnerung. Es waren nur etwa zweihundert bis dreihundert Meter. Dann erreichten wir die nun teilweise geteerte abschüssige Straße, an der das Haus stand, das alte Haus unserer Eltern. Die Straße machte diverse Bögen, hatte eine enorme Steigung, so daß nur Autos mit starken Motoren hochkamen. Also Papis Mercedes, aber nicht der DKW Universal 3=6. Später kauften wir einen DKW Universal 1000 S, der deutlich besser motorisiert war, 40 PS statt 30, aber selbst der mußte immer unten in Grottammare basso bleiben, dem unteren Stadtteil. Manchmal brauste der Vater mit dem schweren Daimler die Auffahrt hoch und beeindruckte damit die Bergbewohner, die noch nie ein solches Auto gesehen hatten. Kinder drückten ihre braunen Nasen an die Scheiben. Im Inneren blinkten die vielen chromblitzenden Armaturen. Der deutsche Familienvater schien ein Flugzeug auf Rädern zu besitzen, mit einem Cockpit im Innern statt des plumpen Lenkrads, das die landesüblichen Fiat-600-Autos besaßen.

Wir standen lange vor dem Haus. Es wirkte so unschuldig. Viele Blumen, kleine Palmen und Pflanzen, von denen ich nie wußte, wie sie hießen. Es stand kein Name an der Klingel, und als ich klingelte, machte niemand auf. Es sah noch immer alles so aus wie früher. Die Sonne schien auf die Dachterrasse, auf der Weintrauben wuchsen, die nun reif waren. Die Hausbesitzer waren bestimmt gerade selbst im Urlaub.

Genau wie damals: Deswegen hatten sie das Haus ja immer an uns vermieten können im August. Als ein Mann mit Werkzeugen vorbeikam, fragten wir ihn über die Besitzer aus. Er verstand uns nicht. Als ich den Namen Anna Pomili nannte – das war die von uns angeschmachtete ›Sorella‹ von damals –, verdüsterte sich sein Gesicht, und er ging einfach weg.

Wir sahen noch einige Zeit auf das Meer, das aus dieser Höhe hundertmal größer, mächtiger und blauer zu sein schien als unten.

»Würdest du dich wohler fühlen, wenn wir die Tage jetzt hier verbrächten, im Häuschen, statt im Hotel Sylvia?« fragte ich.

»Ja! Hier würde ich alles viel besser wiedererkennen!«

Jessika hätte das als einen klaren Hinweis auf Demenz gesehen und ihn zu einem weiteren Facharzt geschickt: Ihr Mann erinnerte sich an frühkindliche Ereignisse stärker als an spätere.

Wenig später gingen wir zurück. Wir hatten ein paar Stunden am Strand nötig. Wir bezogen unseren festen Platz samt Sonnenschirm, Tisch und Liegestühlen. Manfred wollte weit hinausschwimmen, mir genügte ein kurzes Abkühlen. Zu meinem Entsetzen sah ich um uns herum keine jungen Frauen und Strandschönheiten, sondern nur fette, häßliche alte Omas, die im abgehackten Unterschichtstonfall in Handys quakten. Zum Glück sind Kinderstimmen in Italien grundsätzlich lauter als alle anderen, und so dominierten sie auch hier, von der Ferne her, sobald ich die Augen zumachte. Nur einmal erblickte ich eine lange Prozession von männlichen Teenagern, die am Strand entlanggingen. Früher hatte es nur solche gegeben, es war ihr Territorium gewesen. Nun herrschte hier die Generation ›Sechzig plus‹. Auch nicht schön. Vielleicht hatten wir die falsche Tageszeit gewählt.

Ich ging zur Suite zurück, betrat den zehn Meter langen Balkon und betrachtete von dort aus meinen Bruder. Ich mußte an Jacques Tati am Strand denken. Er hatte ein Sonnenhütchen auf und ging gebückt, den Kopf weit vorgeschoben, wie bei einem Vogel (nur die Pfeife fehlte). Seine Bewegungen waren gespenstisch langsam, die eines Hundertjährigen. Er war also wieder im ungünstigen Modus. Ich nahm mein iPhone 6s Plus und rief ihn an. Ich sah, wie er innehielt, in Zeitlupe das grindige Nokia ans Ohr drückte und weitere vier Sekunden später unseren Familiennamen sagte. Ich lachte und sagte ihm ein paar nette Worte.

Beim nächsten Essen im Speisesaal befand er sich dummerweise weiterhin im Greisenmodus, und plötzlich hielt ich es kaum noch aus. Irgendwelche scheußlichen roten Krümel oder Essensreste sortierte er fein säuberlich und in Zeitlupe auf die weiße Damast-Serviette. Es sah so eklig aus, daß ich nach dem zweiten Gang nicht mehr weiteressen konnte. Mit Mühe unterdrückte ich den Impuls, vom Hotelstuhl zu springen. Ich dachte: Das war garantiert das letzte Essen mit ihm.

Trotzdem liefen wir danach noch in die Innenstadt, kauften deutsche Zeitungen und aßen Eis. Beim Fruchtbecher ›Makadamia‹ schmökerten wir in der Bild-Zeitung, der Süddeutschen und der FAZ. In der FAZ stand, es kämen nun weniger Flüchtlinge aus Syrien, dafür immer mehr aus Pakistan, Bangladesch, Afghanistan und dem Kosovo. Bald mochten es eine Million sein. Manfred las teilnahmslos die Bild-Zeitung mit der ganzseitigen Titelzeile: WIR HELFEN.

Was soll ich sagen, plötzlich genoß ich wieder die Nähe mit ihm. Es war dieses Gefühl gänzlicher Überlegenheit, das mir so angenehm war, das merkte ich nun deutlich. Kein anderes Zusammensein mit Menschen war für mich so streßfrei wie das mit meinem Bruder. Er war vielleicht eklig, aufbrausend, schwer von Begriff, peinlich, ordnungsfanatisch und hirnrissig, aber er strengte mich nicht an. Nur manchmal hatte ich Angst, er würde gleich zuschlagen. Ich entdeckte dies zufällig, als ich ihm den Hotelcomputer erklären wollte und er dabei grundlos jähzornig wurde. Eine bestimmte Funktion begriff er nicht und bestand auf einer falschen Anwendung. Als ich ihm das dritte Mal widersprach, schrie er mich an, mit dieser soldatischen Stimme, die auch unser Vater hatte, und ich wusste: Wenn ich jetzt ein viertes Mal widerspreche, schlägt er zu.

Eine interessante Entdeckung. Über meiner gesamten Kindheit lag also die Alltagsgefahr von Schlägen. Nicht von den Eltern ausgehend, sondern vom Bruder.

In der ganzen langen Pädagogik- und Psychologie-begeistung meiner Generation war das nie aufgefallen. Tausendmal sollte man die verdammten Eltern über-winden, nie den guten Manfred. Die Eltern waren grundsätzlich faschistoid, sogar unsere, die aus dem Widerstand kamen, aber die Geschwister natürlich nicht. Ich war zum ersten Mal etwas verstimmt und zeigte das auch. Ich zog mich in mein Zimmer zurück.

So ein Computer wäre gut für Manfred gewesen. Er hätte dann etwas Ablenkung, und ich könnte mich allein mit Agnes vergnügen, überlegte ich. Ich rief sie daher an und sagte, sie solle kommen und ihren Lap-top mitbringen.

Sie hatte keine Einwände und gab einfach ihren Com-puter her. Sämtliche Dokumentationen ihrer künstle-rischen Ausbildung und Laufbahn waren darauf gespei-chert und alles andere auch, aber sie zögerte keine Sekunde.

Abends fuhren wir zu dritt nach San Benedetto del Tronto, dem nächstgelegenen Ort Richtung Süden. Wir suchten eine gute Bar, um uns zu betrinken, fan-den erst keine und gingen auf der Promenade spazie-ren. Es war wie früher, dieselbe Promenade, dieselbe schwüle Luft am Abend, die gelben Lichter, der hörbar nahe Strand, die italienischen Menschen, die in Schritt-geschwindigkeit fahrenden Autos, die Kinder, die nicht ins Bett müssen, die Ehepaare. Früher sind unsere Eltern vor uns gegangen und haben sich leise unterhal-ten. Manfred und ich hüpften gutgelaunt hinterher, es war die beste Stunde des Tages. Die Promenade von San Benedetto war imposanter als die von Grottammare, deshalb fuhren wir gern hierher. Es gab mehr Möglichkeiten der Vergnügung, mehr Karussells, Eis- und Kokosnuß-Stände, kleine Bars und Gaststätten. Heute stach eine Person aus all dem Treiben heraus, nämlich die sirenenblonde Agnes, die tagsüber am Strand gelegen und die letzten lebenden jungen Italiener verrückt gemacht hatte. Ihre Mähne war deutlich noch blonder und voller geworden – das algenreiche Meerwasser steckte noch in ihnen –, und sie trug ein grellweißes Kleid. Manfred war sehr stolz, solch eine Bombenfrau zu besitzen beziehungsweise vorführen zu können, während ich mich etwas abseits hielt, um die beiden nicht zu stören.

Agnes erzählte viel und stellte viele Fragen, sie war ja nicht der Typ Quasselstrippe, wie Papi gesagt hätte, sondern reizend und neugierig. Da Manfred so wenig sprach und so leise, mußte ich immer wieder eingreifen. Im Grunde sagte Agnes all ihre Gedanken eher zu mir als zu meinem Bruder, was dazu führte, daß sie sich dauernd zu mir umdrehte. Ich versuchte ihn dann immer mit einzubeziehen. Ich erinnerte ihn an früher, an seine Erfolge, seine besten Filme, seine Freundinnen aus unserer Jugendzeit – darauf reagierte er aber nur mit einer grimmigen Miene –, an Erlebnisse, die wir in den letzten Tagen gehabt hatten. Oft sagte ich absichtlich falsche Dinge, damit er sie korrigieren konnte und gut dastand.

»Wie hieß doch gleich dieser amerikanische Präsident, der die Sklaven befreite, sag doch mal, Manfred, Lindenberg?«

»Nein, nicht Lindenberg.«

»Churchill?«

»Nein, er hieß … Lincoln!«

»Ja, genau, siehst du, Agnes, mein Bruder weiß all solche Dinge!«

Ich erzählte auch falsche Dinge von früher, damit Manfred die wahren Anekdoten auspackte. Agnes hatte am Vorabend ja gezeigt, daß sie genau das wissen wollte, die Familiengeschichte.

Wir setzten uns in eine offene, klassische Bar am Strand. Schon wieder wehten Soundfetzen aus den siebziger und achtziger Jahren heran. Irgendwo mußte jemand einen CD-Player aufgedreht haben. Als Agnes einmal aufstand und für ein paar Minuten verschwand, beschwerte sich Manfred. Ihm gefalle das nicht, daß er dauernd meine doch ziemlich wertlosen Spinnereien kommentieren solle. Er wirkte regelrecht beleidigt. Ich seufzte. Was sollte ich nur tun? Auch Ungeduld und wieder aufkeimender Jähzorn waren in seiner Stimme. Störte ich ihn bei einer geplanten Eroberung? Das wäre ja schön gewesen. Wahrscheinlich aber kränkte es ihn nur, daß Agnes oft in meine statt in seine Richtung sprach. Ich mußte versprechen, weniger ›kindisch‹ aufzutreten. Nun wurde es schwierig für mich.

Agnes wirkte auf die drei Kellner wie ein Magnet. Die gutaussehenden Fünfundzwanzigjährigen ließen

fast ihre Tabletts fallen. Einer machte einen falschen
Ausfallschritt beim Zurückgehen und geriet bedenk-
lich ins Stolpern. Der andere verweigerte später errö-
tend das Trinkgeld. Kein Mensch sah mich oder Manfred an, alle sahen nur Agnes an. Wir tranken nun in
schneller Folge harte Getränke, denn ich hatte aus-
drücklich dazu aufgefordert und alle eingeladen. Mein
geiziger Bruder mußte das einfach ausnutzen. Dabei
wollte ich ihn lieber nicht betrunken sehen, und Agnes
eigentlich auch nicht, denn sie war auch im nüchter-
nen Zustand schon allerliebst und in nicht mehr stei-
gerbarer Bestform. Nein, ich wollte selbst betrunken
werden, denn die Situation zu dritt blieb problema-
tisch. Es mußte mir gelingen, eine ausgelassene Stimmung aufzubauen, damit Manfred Feuer fing und aus
sich herauskam. Die Reise mit ihm sollte ihn ja aus
seiner trübsinnigen Lage zu Hause herausführen und
ihm neue Perspektiven eröffnen. Das Leben konnte
auch Spaß machen – diesen Eindruck sollte er mit-
nehmen.

Es gelang mir. Nachdem ich einen letzten müden
Anlauf genommen und von unserer Jugend in Nord-
niederbayern erzählt hatte, revanchierte sich Agnes
mit Anekdoten aus Südafrika. Ein grandioses Schau-
spiel. Sie lachte dabei, der ungemein großzügige Busen
wogte, und die hellen Schultern sprangen mir um so
mehr ins Auge, denn für diese gab es ja kein Blick-
verbot. In Afrika, sagte Agnes, seien alle schwarzen
Angestellten Kinder, auch die alten und uralten. Der

›garden boy‹ werde auch mit achtzig noch so genannt. Der Sonnenaufgang beginne dort schon um drei Uhr, und einmal sei sie zum Fenster gestürzt, um ihn anzusehen. Dabei löste sie aus Versehen die Alarmanlage aus. Innerhalb von Sekunden sei eine ganze Armee von Bewaffneten aus der Hängematte gesprungen …

Manfred, durch scharfe Mai-Tai-Cocktails statt langweiligem Weißwein lustig geworden, machte endlich mit. Er redete sich frei, von mir dezent angefeuert. Als unser Gespräch auf meinen Verlag kam, wußte ich geschickt einzuflechten:

»Übrigens hat Manfred einmal einen Film über meinen Verlag gedreht, besser gesagt über meinen Verleger Helmut Grabow.«

»Ja, das stimmt. Und als Wolfgang letzte Woche bei mir in Berlin war, haben wir die Fernsehsendung ›Bauer sucht Kultur‹ gesehen, mit Max Moor. Kennst du Max Moor?«

»Ist das der mit dem fünfeckigen Gesicht?« entgegnete ihm die offenbar alleswissende Tischdame.

»Äh … ja, kann sein. Also, der Max Moor hat auch Helmut Grabow besucht. Der Moor hat so ein Haus in der Mark Brandenburg, und da fährt er immer mit so einem … Auto herum … einem … kennst du den Volkswagen Variant?«

Diesmal mußte sie passen. Manfred erzählte weiter. Und in dem Moment hatte ich die nächste Erleuchtung in dieser bedeutungsvollen Woche. Ich verstand, warum Manfred einen Film über Grabow gemacht hatte. Warum er ihm von Anfang an ein bißchen nahegestanden hatte. All meine Freunde aus der Erwachsenenzeit hatte mein Bruder doch gemieden und geradezu verabscheut, Grabow als einzigen nicht. Die Antwort lautete: Mein Bruder *war* Helmut Grabow! Es handelte sich um einen Wiedergänger, natürlich nur für mich. Das mißtrauische, schmale Gesicht, die peinliche Topffrisur, die Hawaiihemden: Helmut Grabow am Beginn unserer Zusammenarbeit Mitte der achtziger Jahre! Die schleppende Redeweise, die gebückte Haltung, die langsamen, vorsichtigen Bewegungen, das unausrottbare Mißtrauen: Helmut Grabow heute! Und, am wichtigsten: mein grenzenloses Überlegenheitsgefühl und mein streßfreies Wohlbefinden in seiner Gegenwart … Ich hatte einen Verlag gewählt, weil sein Verleger mich an meinen Bruder erinnerte! Ob das ein kluger Entschluß war? Nein, und es war auch gar kein Entschluß, sondern ein geistferner Reflex des Unterbewußtseins.

Nach diesem Erkenntnisschock wurde ich etwas zurückhaltender. Ich ließ Manfred reden, war froh, daß er endlich aufgetaut war.

»Der Volkswagen Variant hatte nämlich den Motor hinten und nicht vorne, und er war so etwas rund gebaut, wie unser DKW, der aber den Motor vorne hatte, nicht wahr, Wolfgang?«

»Ja klar, der DKW hatte den Motor vorne, aber auch den Antrieb, im Gegensatz zum Volkswagen.«

»Ich habe aber jetzt vom Motor gesprochen!« sagte Manfred in diesem für ihn typischen Tonfall beleidigter Gereiztheit, die innerhalb von Sekundenbruchteilen auftrat.

»Trotzdem ist der Antrieb beim VW immer hinten,« sagte ich gleichgültig.

»Ich sprach vom Motor!«

Nun war seine Stimme schon mehr als gereizt, nämlich bedrohlich. Ich entschuldigte mich und gab ihm formal recht. Er habe ja wirklich vom Motor gesprochen, und von dem Fernsehmoderator Max Moor. Wie ging es denn weiter?

Manfred atmete tief durch. Noch ein paar Momente brauchte er, um die Fassung wiederzugewinnen. Moor fuhr also holprig mit dem alten VW durch die Ex-DDR und suchte Wessis auf, die dort wohnten. Die Story war ebenso holprig. Aber dann erzählte er, also Manfred, endlich Geschichten von früher. Über die abendlichen Spaziergänge mit den Eltern, über das Häuschen in den Bergen, über das Vierrad, mit dem wir Kinder über die Promenade bis San Benedetto fuhren. Er kam in einen richtigen Erzählfluß, so wie ein Schriftsteller in seligen Momenten in einen *flow* kommt: »Einmal liehen sich Wolfgang und ich ein Vierrad, also ein vierrädriges Fahrrad. Wir waren wohl irgendwo in Grottammare, nachts. Und mein Bruder und ich hatten die Idee, ein Vierrad zu mieten.«

»Ja, genau! Erzähl der Agnes die Geschichte vom Vierrad!«

»Wir bekamen auch eins bei einem Verleih, allerdings in San Benedetto, und fuhren dann mit dem Fahrrad, es war ein vierrädriges Tandem, von San Benedetto nach Grottammare, was ungefähr acht Kilometer waren … Wir suchten und fanden dann unsere Eltern und präsentierten ihnen stolz das gemietete Tandem. Und holten uns auch gern das nun fällige Lob ab. Wie selbständig wir damals schon waren! Wir brachten dann später am Abend das Tandem wieder zurück. Wie wir dann wieder nach Grottammare zurückkamen, daran erinnere ich mich leider nicht mehr.«

»Erinnerst du dich noch daran«, machte ich erfreut weiter, während ich die gähnende Agnes beobachtete, »wie wir die Strecke bis nach Italien überhaupt bewältigt haben? Von Nordost-Niederbayern bis Grottammare waren es doch gefühlte dreitausend Kilometer!«

»Fuhren wir in den ersten Jahren noch mit unserem DKW-Kombi, so war es dann in den späteren Jahren der Mercedes unseres Vaters«, mäanderte er. »Mir wurde in diesem Auto regelmäßig schlecht. Dann mußte Papi anhalten, damit ich erst einmal kotzen konnte.«

Für einen Augenblick mußte ich an die alte TV-Serie ›Two and a Half Men‹ denken, wo der Bruder von Charlie Sheen immer, wenn er flirtete, von Blähungen und anderen peinlichen Sachen redete. Schnell lenkte ich davon ab, fragte nach der Reiseroute. Er tat einen affektiert-genüßlichen Schluck aus dem fragilen Cocktailglas und holte dann weit aus.

»Wir übernachteten zwischendurch irgendwo im Zelt und fuhren dann bis Rimini. Dort sprangen wir das erste Mal ins Wasser. Was eine Erholung war, denn wir hatten ja in unseren Fahrzeugen keine Klimaanlage! Es war also dort ganz schön heiß, in Italien im August.«

»Kannst du laut sagen.«

»Wir kamen also irgendwann an in Grottammare, und nun mußte das Auto zum Ausladen zum Haus gebracht werden. Das war leichter gesagt als getan. Die Gassen in der Altstadt sind ganz schön eng, und der Wagen kam kaum um die Ecken herum. Schließlich waren wir da und konnten auspacken. Das Auto wurde in der Zwischenzeit nur noch wenig bewegt. Es war furchtbar aufgeheizt, aber bei den engen Gassen war es ja auch kaum zu gebrauchen. Viel mußte also zu Fuß erledigt werden ...«

Und so weiter. Zu vorgerückter Stunde erzählte dann sogar Agnes eine aufregende Geschichte. In der mittelalterlichen Villa hatte sich ein unscheinbarer achtzehnjähriger Junge an sie herangemacht. Es handelte sich um einen Deutschen, der dort zum Hausdiener ausgebildet wurde und den ich selbst bei meinem Aufenthalt in der Villa vage wahrgenommen hatte. Ein verhuschter, kleinwüchsiger Typ, der die Baseballkappe verkehrt herum aufgesetzt hatte. Da Agnes ein wirklich diskreter Mensch war, blieb sie bei Andeutungen. Der Junge hieß Julius. In der kurzen Zeit, die Agnes in der Villa zugebracht hatte, hatte er bereits versucht, sie zu verführen. Ich wollte natürlich mehr wissen, aber Agnes gab nur wenig preis:

»Ich weiß nicht, was ich mit ihm reden soll. Er sagt nämlich nichts. Er ist buchstäblich nichtssagend. Wofür interessieren sich Achtzehnjährige heute?«

»Du mußt mit ihm über Fußball reden«, meinte Manfred. Sie lachte, nahm das nicht ernst.

»Ich habe ihm gesagt, daß ich zu alt für ihn sei. Er ist dauernd mit seinem Handy beschäftigt.«

»In deiner Gegenwart?«

Sie bejahte.

»Ich habe ihm Kunst von mir gezeigt, und dann hat er einen scheußlichen Bildband herausgeholt, angeblich auch ›Kunst‹, das war furchtbar.«

Das sei wohl so, als zeigte mir jemand Rosamunde-Pilcher-Bücher als ›gute Literatur‹, sagte ich verständnisvoll und stellte weitere Fragen nach dem Vorgehen des unsympathischen Eroberers. Agnes antwortete stockend. Am Rande ihrer Erzählung wurden auch frühere Beziehungen von ihr gestreift.

Genau das gefiel meinem Bruder nicht. Als Agnes das Auto holte, fauchte er mich an:

»Ich finde es absolut nicht in Ordnung, daß du der Agnes immer Fragen nach ihren Liebhabern stellst! Dieses Thema mögen junge Leute vielleicht nicht so gern wie du!«

»Es dürfte schwerfallen, einen jungen Menschen zu finden, der noch ein zweites Thema kennt«, warf ich leichtfertig hin.

»Ich habe nicht von irgendwelchen anderen jungen Menschen gesprochen, sondern von Agnes!«

Er war schon wieder auf das Äußerste aufgebracht. Diesmal spielte aber noch etwas anderes mit. Er hatte das blonde Mädchen liebgewonnen und wollte es beschützen. Ich versprach ihm, das Thema gegenüber Agnes nicht wieder anzuschneiden.

4. Kapitel

Die Tage gingen dahin. Zu meinem Erstaunen machte es Agnes nichts aus, weiter in der mittelalterlichen Villa zu übernachten. Der Grund lag zweifellos in dem achtzehnjährigen Julius, der ihr die Gegend zeigte und wohl nicht nur die. Mir war das zunächst überaus recht. Tagsüber kam Agnes zu uns. Als mein Bruder, der täglich fitter wirkte, einmal allein unterwegs war, mietete ich zwei Hotelräder und fuhr mit Agnes den Strand entlang nach Cupra Marittima. Die Italiener hatten dort einen Radweg angelegt.

Die Sonne brannte herab, die Luft war schwüler und salziger denn je. Es wehte kein Wind, die Menschen verkrochen sich in ihren Wohnungen, und so war uns der Fahrtwind, der beim Radeln entstand, doppelt angenehm. Agnes sah herrlich aus. Als ich hinter ihr fuhr, mußte ich zwangsläufig an das berühmte Dalí-Bild ›Frau auf dem Rad‹ denken. Wer in meinem Alter wäre nicht gern mit so einer Brigitte-Bardot-Phantasie den Mittelmeerstrand entlanggeradelt? Ihre helle Haut war leicht gebräunt, und das stand ihr besser als gedacht. Das nahm ihr diesen leichten deutschen Touch, den weiße Haut auch haben kann. Nun dachte man nicht mehr an die potentielle sauerländische

Mutti mit zwei übergewichtigen Kleinkindern, sondern ans schwedische Sommerhaus. Agnes lachte viel, und das stand ihr natürlich erst recht. Sie war weiß Gott der Kumpel, mit dem man Spaß haben konnte. Die Schultern waren die eines Kerls. Sie lagen immer frei, und ich konnte sie genau studieren, wie fast den ganzen Körper. An dem Tag nun war sie, obwohl sie durch meine Gegenwart soviel zum Lachen kam, eigentlich betrübt. Dieser kleine Wichser, Julius, hatte mit ihr Schluß gemacht! Das war ein unglaublicher Vorgang. Was hatte der Mann da beendet – einen Flirt, eine beginnende Freundschaft, ein Geknutsche, oder *noch mehr*? War es so rasch zum *Äußersten* gekommen? Ich fragte sie aus.

Der kleine Pimpf hatte am Morgen, als sie ihm begegnete, einfach nicht mehr mit ihr gesprochen und sie auch nicht mehr angesehen. Stumm hatte er das Frühstück serviert und sich dabei Ohrhörer aufgesetzt. Dann hatte er stundenlang mit seinen Jungs aus der Clique telefoniert und sich später ganz zurückgezogen. Ich machte mir Sorgen. Wenn sie sich in der Villa nicht mehr willkommen fühlte, mußte sie ins Hotel Sylvia ziehen. Dann würde sie allerdings in meinem und nicht in Manfreds Bett schlafen wollen. Das war ein Problem, aber kein unlösbares. Ich konnte ihr erklären, daß man nur allein im Bett richtigen, ungestörten Schlaf bekäme. Und ich würde ihr anbieten, daß wir uns abwechselten, um also die Unterbringung gerecht aufzuteilen. Ich dachte dabei natürlich an die Flüchtlinge, die ebenfalls unter den Kommunen aufgeteilt wurden, keine sollte mit zu vielen belastet werden.

Wir aßen Eis. Jeder bekam eine monströse Glaskaraffe voll mit Fruchteis, Früchten, Schlagsahne und Erdbeersoße. Manfreds Frau Jessika hätte bestimmt Alarm geschlagen und Fachärzte einbestellt, die die Schädlichkeit von soviel Zucker bestätigten.

Im Hotel stießen wir wieder auf Manfred. Er war wütend, daß wir ihn so lange allein gelassen hatten. Gemeinsam gingen wir in den Speisesaal. Dort deckte man immer noch zu dritt für uns: für uns Brüder und *la figlia*. Das Spiel hatte offenbar restlos überzeugend gewirkt. Alle hielten Agnes für meine Tochter, was mich stolz machte.

Auf dem Tisch stand wie stets Rot- und Weißwein, und Manfred bediente sich. Er hatte es sich inzwischen angewöhnt, praktisch ständig von früher zu erzählen, da das bei uns anscheinend so gut ankam:

»Wenn es morgens hell wurde, waren auch Wolfgang und ich wach. Die Eltern schliefen natürlich länger als wir, sie blieben in ihrem Zimmer, bis es uns langweilig wurde. Wir gingen also zum kleinen historischen Marktplatz. Dazu mußten wir durch eine alte Tordurchfahrt, links und rechtsrum, und dann waren wir da. Wir gingen immer in einen kleinen Lebensmittelladen, wo meist einige alte Frauen herumstanden und schwatzten. Natürlich waren mein Bruder und ich die Attraktion. Mit unseren blauen Augen und blonden Haaren! Die alten Frauen strichen uns begeistert

89

über den Kopf, sagten etwas wie ›*bambini biondi*‹ und schenkten uns Schokolade …«

Plötzlich klingelte Manfreds Telefon. Er tastete nach dem schwarzen, lichtlosen Ding, dem alten Nokia. Dann sahen wir nur sein vollkommen ausdrucksloses Gesicht. Schließlich reichte er das Handy an Agnes weiter und sagte tonlos:

»Da will jemand *meine Tochter* sprechen.«

Es war ganz offensichtlich der achtzehnjährige Junge, dem es anscheinend gelungen war, über viele Ecken eine Nummer der beiden Brüder herauszubekommen, wenn auch nur die von Manfred. Agnes' Reaktion war frappierend. Schlagartig war sie nicht mehr bedrückt. Sie war begeistert. Man hatte sie zum Essen eingeladen!

Ich machte Anstalten mitzukommen, aber sie schien das nicht zu wollen. Mein Bruder sagte, das passe ja prima, der zweite Gang sei noch nicht serviert worden, dann habe sie gewiß noch etwas Hunger übrig. Sie könne ruhig schon aufstehen und zur Villa fahren. Im Hotel wurde sehr früh das Essen gereicht. Doch Agnes wehrte ab. Sie wolle erst gehen, wenn wir aufgegessen hatten. Manfred freute das. Er deutete das als Zeichen, daß Agnes gern bei ihm war. Ich dagegen wurde von Eifersucht gepackt. Der kleine Bengel hatte sich ins Herz von Agnes geschlichen. Er bedeutete ihr mehr als ich! Zwischen beiden war etwas!

Manfred wollte etwas sagen. Erst sog er zehn Sekunden lang an einem endlosen Bündel rotklebriger Spa-

90

ghetti, den Kopf absurd weit über den Teller gebeugt, dann setzte er geradezu feierlich seine Geschichte aus der Kindheit fort:

»Ja, so war das damals. Die alten Italienerinnen strichen uns durchs Haar. Endlich waren die Eltern wach, und wir konnten auf den Dachgarten gehen. Dort konnten wir Weintrauben essen, die an der Rückwand des Hauses hochgewachsen waren und jetzt auf das Dach kamen. Köstliche Weintrauben!«

Ich konnte nur an den jungen Nebenbuhler denken, sagte aber: »Ja, ja, die Weintrauben«, und schwieg.

»Samstags war ein besonderer Tag, denn die deutsche Fußballbundesliga lief an diesem Tag. Da unser Vater wußte, daß wir uns für die Bundesliga interessierten, kam er am Nachmittag mal rein zu uns und sagte: ›Ich fahre runter an den Strand, dort können wir die Bundesliga-Übertragung im Autoradio hören, wenn wir Glück haben!‹ Das wollten wir uns natürlich nicht entgehen lassen und fuhren mit. Und meistens klappte es auch. Dann saßen da drei – zwei Jungen und ein Mann – in ihrem Auto am Strand und hörten begeistert die Bundesliga-Radioübertragung …«

»Gut, gut, Manfred, aber im Hotel Sylvia haben wir das nicht mehr gemacht«, kommentierte ich lustlos. Manfred popelte lauter Fischräten in seine Serviette und nahm den Faden auf:

»Das Hotel Sylvia wurde 1967 gebaut, wir haben es wachsen sehen. Es ist eine der wenigen Bausünden Grottammares, eigentlich die einzige, weil es ein Hoch-

91

haus ist, mit etwa elf Stockwerken, also wesentlich höher als die danebenstehenden Häuser direkt am Strand. Das Hotel Sylvia hat natürlich einige Renovierungen erlebt, aber das Eigentliche ist noch genauso wie damals, zum Beispiel der Fahrstuhl, der schnell ist und rumpelig und nur drei Personen faßt. Dafür ist er aber fast immer da, wenn man ihn braucht ...«

Ich konnte nicht mehr zuhören. Mit Mühe beendeten wir das gemeinsame Mahl. Agnes fuhr zu ihrem neuen Liebhaber. Ich versuchte angestrengt, mich an ihn zu erinnern. Er war zwar wie gesagt unscheinbar, hatte aber gerade dadurch auch etwas von James Dean, dieses Geduckte, Getroffene, Schweigende, Wegschleichende. Er sah ohne Zweifel gut aus, wenn man ihn unter den Gesichtspunkten des Lustgewinns sah. Scheiße!

Andererseits kannte ich das Leben gut genug, um zu wissen, was nun wahrscheinlich folgen würde. Der zwar geschickte, aber völlig ahnungslose Schüler würde mit ihr schlafen und sich dabei idiotisch benehmen. Die heutigen jungen Menschen waren allesamt Opfer der fortschreitenden Pornographisierung von Staat und Gesellschaft. Er würde einen mechanistischen, sportlichen Sex praktizieren, wie er ihn aus den Filmen kannte und der jede Frau im wirklichen Leben zu Eis erstarren ließ. Ohne jeden Lustgewinn würde Agnes am nächsten Abend zu mir zurückkommen und etwas Besseres wollen.

Agnes tauchte bereits am nächsten Mittag auf. Schon

wieder wirkte sie eher bedrückt. Schon wieder hatte der kleine Toy Boy beim Frühstück nicht mit ihr gesprochen. Nach allem, was ich erfuhr, war es gar nicht zur Liebesnacht gekommen. Gut möglich, daß sich James Dean nicht traute, die Tochter eines so berühmten Mannes, wie ich es war, zu penetrieren. Es konnte also weitergehen mit unserer fröhlichen Ménage à trois.

Ich war insgesamt nicht unzufrieden. Vieles war eingetreten, was ich mir von der Reise erhofft hatte. Manfred wirkte nur noch ganz selten wie ein furchtbarer Fall für die Siechenstation. Immer öfter sah er aus wie in seinen besten Tagen. Seine Sprachbehinderung wurde täglich schwächer, oder anders gesagt, sie trat seltener auf. Tatsächlich palaverte er manchmal schon flüssig herum wie ein Politiker. Seine Frau, die auf Liebesentzug geschaltet hatte, schien den selbstgesuchten Konflikt zu verlieren. Erst war Manfred durch das Ausbleiben der Kontrollanrufe tief gekränkt und verunsichert, ja, im Innersten deprimiert. Nun hatte er das Tief überwunden und tankte Kraft und Zuversicht.

Mit Agnes waren die Tage schön. Als ich merkte, daß sie nicht mit Julius geschlafen hatte, kehrte meine ruhige Ferienstimmung zurück. Wir saßen sogar wieder zu dritt in einer Strandbar. Sie hieß ›Chalet Sylvia‹ und gehörte zum Hotel. Ich hatte entdeckt, daß dieses beispiellose Gefühl der Überlegenheit, das ich Manfred gegenüber empfand und das ich wie eine Droge immer wieder in meinem Leben genossen hatte, und zwar mit wechselnden Manfred-Darstellern, daß mir dieses Gefühl auch Agnes gegenüber half. War Manfred neben mir, fühlte ich mich omnipotent. Ich trat selbstbewußter auf als sonst. Alles schien mir zu gelingen. In jeder Situation fiel mir automatisch die Führungsrolle zu. Das gefiel anscheinend jeder Frau, jedenfalls Agnes. Hielt diese Konstellation noch lange an, konnte ich Agnes bald wie eine reife Frucht einsammeln und mit ihr machen, was ich wollte. Freilich kam mir damals auch ein anderer, grundsätzlicher Gedanke: Was würde ich tun, wenn Manfred eines Tages nicht mehr wäre, wenn er starb? Schließlich war er die ganzen letzten fünfunddreißig Jahre irgendwie dagewesen, im Hintergrund zwar, aber tiefenpsychologisch immer anwesend. Ihn zu verlieren würde meine ganze gefühlte Überlegenheit womöglich unwiederbringlich einstürzen lassen. Ich erinnerte mich, daß ich auch früher schon, wenn ich eine Frau erobern wollte und es mir wichtig war, die Nähe Manfreds gesucht hatte. Obwohl ich ihn fast nie sah, außer zu Weihnachten, hatte er alle meine Ehefrauen kennengelernt – in der Phase der Eroberung. Danach sah er sie nie wieder. Wenn ich also noch einmal einen Personalwechsel vornehmen wollte – jetzt war die Gelegenheit dazu, vielleicht zum letzten Mal.

Einmal fuhren wir mit den Rädern zum Hafen von San Benedetto del Tronto. Es war vielleicht die berührendste Stunde, die ich mit ihr verbrachte, selbst wenn wir uns später noch weit näher kamen. Sie trug nur ein petrolfarbenes einfaches Leinenkleid, sehr simpel geschnitten, wie für den Körper einer Comic-Figur. Zum ersten Mal unterhielten wir uns wie ein Liebespaar, nämlich über Liebe, Beziehungen, Zusammenpassen und Sich-Abstoßen. Es war ein Gespräch, wie es Milliarden Menschen führen. Ein wenig schämte ich mich sogar, daß wir so banal wurden. Aber das Wetter war so herrlich, die Sonne so hell, die Aussicht von der lang ins Meer gezogenen Mole auf die sich sanft an die Hügellandschaft anschmiegende Stadt so irreal wunderschön, daß es mir nicht leid tat. Ich konnte mich nicht erinnern, jemals so glücklich gewesen zu sein. Was immer ich sagte, Agnes fand es genauso, fast im selben Augenblick, und umgekehrt war es dasselbe. Auch stellten wir uns ohne Unterlaß Fragen, und immer hatte der andere den größten Spaß, sie mit größter Leidenschaft zu beantworten. Wir faßten uns gerne an. Wenn ich sie von der Seite betrachtete, wanderten meine Augen über ihre rosigen, jetzt leicht gebräunten Wangen über den schlanken Hals und den freien Nacken bis zum Rücken – und wieder zurück. Kam mein Blick wieder an der Kinnpartie und den Wangen an, wollte ich den eindrucksvoll modellierten Kopf am liebsten an mich reißen und festhalten. Mir fiel auch endlich ein, woran mich ihr Gesicht die ganze Zeit erinnerte, nämlich an die Sängerin Pink. Sogar ihre Stimme war ähnlich, ein bißchen schleifend, reibeisenhaft, dann wieder hell und scharf herausplatzend. Nicht schlecht, das muß man sagen. Sie schien nicht zu merken, daß ich sie anstarrte, aber ich merkte es. Einmal studierte ich ihr schönes Knie, das an meinen Oberschenkel lehnte, und dachte gleich an den Film ›Claires Knie‹ von Eric Rohmer. Das sagte ich ihr lieber nicht, aber ich begann, etwas hektisch, von Filmen zu sprechen.

Ich erfuhr, daß ihr Lieblingsfilm ›Lola rennt‹ war und ihr Lieblingsschauspieler Christoph Waltz. Den Film ›Das verflixte siebte Jahr‹ kannte sie, fand aber Marilyn Monroe darin blöd. Ich mochte Woody-Allen-Filme. Als Lieblingsfilm nannte ich ›Ein unmoralisches Angebot‹ mit Robert Redford, und da sie den nicht kannte, erzählte ich ihn ihr:

»Also, Robert Redford – das war damals ein bekannter Schauspieler – verliebt sich in die junge Demi Moore, die allerdings glücklich verheiratet ist. Nur leider mit einem durchschnittlichen Blödmann. So einem wie die Typen hier in Grottammare. Also, heute würde er Dreiviertelhose, zu großes T-Shirt und falsch rum aufgesetzte Basecap tragen. So ein Depp eben, der mit dreißig schon überschuldet ist, während Robert Redford Milliardär ist …«

»Diese Kerle mit ihren Dreiviertelhosen gehen mir auch schon auf den Sack.«

»Das ist die Kleiderordnung heute, Kleines. Eine andere gibt es nicht mehr. Bart, Dreiviertelhose, Turnschuhe. Früher gab es noch Alternativen, zu meiner Zeit … Doch weiter: Der reiche Redford macht Demi Moore nun ein unmoralisches Angebot. Er will die

Schulden vom Unterschichts-Ehemann bezahlen und noch eine Million drauflegen, wenn sie eine Nacht mit ihm verbringt.«

»Mit oder ohne Geschlechtsverkehr?«

»Zwingend mit. Sie ekelt sich natürlich furchtbar vor dem altersgeilen Milliardär. Daraus besteht der Film vor allem, aus dem bangen Warten auf die schreckliche Nacht. Der Ehe-Prolet tritt schon die halbe Ikea-Einrichtung zusammen.«

»Und?«

»Sie machen die Sache, und – Überraschung! – es macht ihr Spaß. Redford erweist sich als sympathischer, humorvoller Mensch, mit dem man ganz gut ein paar Stunden im Dunkeln zubringen kann. Demi Moore kann anschließend dem Sport-Sex des Ehemann nichts mehr abgewinnen.«

»Kommt sie denn zum Orgasmus?«

»Nur noch bei Redford.«

»Und das Geld?«

»Weiß ich nicht. Ist nicht mehr so wichtig, glaube ich.«

Wir schwiegen. Der letzte Gedanke lag schwer über der Mole, vermute ich. Nach der bedeutungsvollen Kunstpause machte ich locker weiter:

»Aber noch mal zur Kleiderordnung: Daß junge Männer oder Jugendliche heute keine zweite Möglichkeit mehr haben, eine Identität durch Kleidung auszudrücken, ist von zentraler Bedeutung. Es gibt keine unterschiedlichen Gruppen mehr, die gegeneinander um die beste Lösung, die beste Gesellschaft ringen. Es gibt keine Auseinandersetzung mehr. Alles wartet ratlos auf das Morgen.«

»Das war doch immer so, bei der Jugend jedenfalls, glaube ich.«

»Im Gegenteil. Ich glaube vielmehr, daß ... also, laß es mich einmal grundsätzlich sagen – und das hat auch mit der Reise und mit meinem Bruder zu tun: Meines Erachtens hat mein Bruder in der besten Zeit gelebt, die die Menschheit – oder die Deutschen – je gehabt haben. Er weiß es nur nicht mehr. Aber wenn es mir gelingt, ihm das hier, in Grottammare, wieder zu vermitteln, könnte er seine Krise meistern.«

»Welche Krise?«

Ich gab ihr die noch fehlenden Informationen. Agnes versicherte erneut und für mich glaubhaft, daß sie Manfred mochte und ihm helfen wolle.

Nach einigen Momenten sinnlosen Nachdenkens fragte sie dann doch, wieso ausgerechnet Manfred in der besten Phase der Menschheitsgeschichte gelebt haben solle. Die Formulierung befremdete sie sichtlich.

»Na, vor ihm kam der Faschismus und nach ihm der Islam, wobei noch nicht ausgemacht ist, was mehr Schaden anrichtete.«

»Wie? Das kann man doch nicht in einen Topf werfen!«

»Natürlich nicht. Entschuldige.«

»Islam und Faschismus, du spinnst wohl.«

»Immerhin, beides sind religiöse oder pseudoreligiöse Ideologien mit Millionen Todesopfern, fallenden Staaten, gigantischen Flüchtlingsströmen …«

»Der Islam ist doch eine *Religion*!«

»Wie schön für die Opfer.«

»Du kannst doch nicht … auch das Christentum hat furchtbare Dinge getan …«

»Natürlich, klar. Ich wollte nur auf die große Unordnung hinweisen, beziehungsweise auf das Gegenteil, auf die Lebensspanne der Babyboomer, denen Manfred angehörte.«

»Was denn nun?«

»Es war eine selige, unschuldige, ahnungslose Zeit, die Zeit meines Bruders. Wenn er das doch nur wertschätzen könnte.«

»Er tut mir auch manchmal richtig leid. Irgendwie mag ich ihn.«

Sosehr ich ihr glaubte, konnte ich ihr engelsgleiches Mitgefühl dennoch nicht nachvollziehen. In meinen Augen hatte Manfred – zumindest auf den ersten, zweiten und dritten Blick – nicht viel, was man mögen konnte. Aber meine Begleiterin war vielleicht einfach ein sehr naives, liebenswertes, natürliches und warmherziges Menschenkind – mit der gedanklichen Tiefe eines Teenagers. Und der Stimme von ›Pink‹.

Und den Fragen einer Schülerin. Wo habt ihr gewohnt in Bayerisch-Kongo? Wie hieß die Stadt? Warum bist du in Hamburg geboren? Wie hieß die Schule? Um wieviel älter ist dein Bruder? Was hat dein Vater beruflich gemacht? Ist dein Neffe Elias der Sohn von Manfred? Was macht deine Frau beruflich?

»Meine Frau ist phantastisch. Sehr erfolgreich in ihrem Beruf. Sie berät den Bundespräsidenten. Es macht dir doch nichts aus, wenn ich das sage?«

»Nein, wieso?«

»Weil … sie dazu auch noch so schön ist wie du!«

Das war vereinfacht ausgedrückt. Aber nun war endlich die Tür zum sogenannten Beziehungsgespräch aufgestoßen. Wir konnten *über uns* sprechen. Das taten wir nicht direkt, also nicht über uns als mögliches Paar, das es nicht geben konnte, sondern über andere Paare und frühere eigene Beziehungen. Solche Gespräche triefen naturgemäß von falscher Psychologie und anderen Lebenslügen, so daß sie hier nicht wiedergegeben werden können. Nach einigen zwanzig Minuten fiel uns das selbst auf, und ich sagte:

»Agnes, die Psychologie, oder sagen wir besser das Psychologisieren von Menschen und Begebenheiten, ist einfach dumm. Nein. Mehr, es ist schlichtweg immer falsch, nicht nur falsch, sondern gefährlich!«

Wir wechselten den Schauplatz, schnappten die Räder und setzten uns in eine der Strandbars. Es gab Hunderte davon, keine war weniger angenehm als die andere. Agnes stieß ein neues, betont harmloses Gespräch an.

»Gestern bin ich innerhalb von sechs Stunden Strand fünfmal ins Wasser gegangen. Ich habe mich immer wieder eingecremt und bin trotzdem verbrannt.

Die Stellen spüre ich jetzt. Ich bin froh, daß ich mir ein leichtes, aber geschlossenes Kleid angezogen habe, das meine hummerroten Hautpartien vor der Sonne schützt.«

»Das ist wahr.«

»Das ist ein altes Leiden. Meine damalige Ruderkameradin, die ebenfalls blond war, aber dunkelblaue Augen hat, erklärte mir einmal, ich sei eben schwach pigmentiert. Das sähe man an meinen hellen Augen. Menschen mit hellen Augen werden rot, aber nicht wirklich braun.«

Ich lachte. »Deine Röte mit den hellen Augen hat eine unglaubliche Anziehung auf Menschen. Du glühst, also hast Feuer gefangen.«

Sie fand meine Erklärungen immer verrückt. Sie fand, sie sähe wie ein Schalentier aus, das gerade ins kochende Wasser geworfen worden sei. Ihre Haut brannte bei jeder Berührung. Wie konnte so etwas anziehend wirken? Wir mußten beide lachen, und da das bei ihr immer so umwerfend klang, sagte ich es ihr.

»Agnes, laß dir durch keinen Nackenschlag des Lebens dieses kehlige Lachen nehmen. Solange du so lachen kannst, wirst du niemals mit der Diagnose ›klinische Depression‹ in irgendeiner Psychiatrie aufwachen.«

»Keine Sorge, das hat noch kein Nackenschlag geschafft.«

»Prost!«

Wir stießen mit einem doppelten Grappa an. Sie sagte:

»Ich glaube, jeder Vater hat Angst, daß die Tochter entweder magersüchtig oder klinisch depressiv wird, oder noch schlimmer – ewiger Single bleibt.«

»Ist es bei deinem Vater so? Will er Enkelkinder?«

»Vater oder Stiefvater?«

Ich vergaß, daß Mädchen aus Agnes' Generation immer mehrere Väter hatten. Ich fragte, ob sie Kinder wolle.

»Ich habe keine Angst vor Kindern, das ist nicht mein Thema. Die Vorstellung, irgendwann einmal Kinder zu haben, ist für mich etwas ganz Natürliches. Aber einen dazu passenden Mann kann ich mir beim besten Willen nicht vorstellen. Ich habe eine Abneigung gegen lang andauernde Bindungen.«

»Kleines, das mit der Liebe mußt du dialektisch betrachten.«

»Erzähl.«

»Ja, das ist so. Bei der Liebe gibt es zwei Komponenten. Also zwei verschiedene Stoffe reagieren miteinander. Du hattest doch Chemieunterricht.«

»Ja.«

»Eben. Und Moleküle kennst du? Wenn jetzt zwei Moleküle unterschiedlicher Stoffe aufeinandertreffen, kommt es zu einer Reaktion oder Explosion.«

»Aber sollte man sich nicht wahnsinnig gut verstehen?«

»Nein. Das ist Freundschaft. Wenn du dich mit

jemandem gut verstehst oder wenn du das Gefühl hast, du verstehst jemanden gut, dann seid ihr Freunde.«

»Dann bleibt nur die Möglichkeit der berühmten Negativanziehung.«

»Na ja, so meine ich das nicht. Du hattest doch schon verschiedene Beziehungen in deinem Leben.«

»Ja.«

»Und hat es da nie gefunkt?«

»Doch. Bei zweien, glaub ich, schon.«

»Was waren denn die beiden für Typen?«

»Na ja, mit einem bin ich noch gut befreundet.«

Ich schüttelte verzweifelt den Kopf.

»Dann war er wohl nicht dein neurotisches Pendant. Du mußt die entgegengesetzte Neurose finden.«

»*Oh man*, ich weiß leider nicht, was meine Neurose ist. Wahrscheinlich genau dieser Freundschaftszwang, daß ich mich mit fast allen Verflossenen gut verstehe. Aber sie waren auch wirklich nette Kerle.«

»Wie Julius?«

Sie machte ein Gesicht wie ›Pink‹, wenn diese auf Punk (sic!) machte und die aufgeworfenen zartrosa Lippen zum Schmollmund verzog.

»Zum Teil. Die meisten jedenfalls mochte ich weiterhin sehr gern, und ich hegte auch keinen Groll gegen sie. Ich verstand einfach nicht, warum man den Kontakt zu so jemanden abbrechen sollte, nur weil man ein Bett geteilt hatte.«

»Engelchen, zu dir paßt ein Promi-Therapeut. Das ist der Richtige! Ganz sicher!«

»Hm. Therapeut?«

»Promi-Therapeut. Reif, aber nicht zu alt.«

»Ich weiß nicht. Therapeuten sind Leute, die ihr Leben lang anderen Menschen helfen möchten, oder? Und die glauben, sie *können* wirklich anderen Menschen helfen. Also, ich find diese Idee verdammt eingebildet und überheblich.«

»Ich rede ja auch nicht von Therapeuten, sondern von Promi-Therapeuten!«

»Haben die etwa kein Helfersyndrom?«

»Nein. Ein Promi-Therapeut ist gar kein wirklicher Therapeut. Der hat das System und die Menschen durchschaut. Er redet für viel Geld über Luxusprobleme.«

»Ach so.«

»Ein Künstler kann die Rolle auch einnehmen. Ein älterer, nicht zu alt. Einer, der angekommen ist und nicht mehr kämpfen muß. Der aber auch nicht satt und vollgestopft ist. Nicht abgehoben. Vielleicht einer, der sich nie anstrengen mußte.«

»Das geht doch nur, wenn man in so ein Leben reingeboren wird.«

»Genau, einer, der aus einer etablierten Familie kommt.«

Ich war wohl schon zu lange in Österreich. Der Gedanke schien mir ganz natürlich zu sein.

»Igitt, solche, bei denen es egal ist, was sie tun. Aber seit ihrer Kindheit kennen sie alle, und deswegen werden sie noch berühmter als ihre Eltern.«

»Genau.«

»Ist der Kracht nicht so einer? Der kommt doch aus so einer etablierten Kulturfamilie.«

»Kracht ist einer der wichtigsten Autoren deutschsprachiger Gegenwartsliteratur.«

»›Imperium‹ hab ich nicht gelesen.«

»Solltest du.«

»Wenn das in dem gleichen Tonfall geschrieben ist wie ›Faserland‹ – niemals!«

»Oh, ›Faserland‹ ist toll. Kennst du das Hörbuch? Ich höre jeden Tag drei Sätze aus ›Faserland‹.«

»Du spinnst.«

»Nein. Ich meine es ernst, es ist wirklich toll.«

»Es ist schrecklich. Ich habe nur die ersten fünf Seiten von ›Faserland‹ geschafft. Auf diesen fünf Seiten trieft jedes Wort von Weltverachtung, Arroganz, Zynismus und obendrein noch Frauen-, nein Menschenfeindlichkeit.«

»Das ist ja unerhört. Wie kommst du nur darauf? Kannst du das belegen?«

»Ich stellte mir Kracht vor, wie er im farbbesprenkelten Blaumann vor irgendeiner Tussi steht und sich denkt: ›Karin sah eigentlich ganz gut aus. Und so, wie sie die Haare in den Nacken warf und sich nach hinten lehnte, war sie sicher gut im Bett.‹«

Mit dieser vehementen Ablehnung eines meiner Idole und wichtigsten literarischen Vorbilder hatte ich nicht gerechnet. Wut stieg in mir auf, geradezu angewidert saß ich da und schaute Agnes in die blauen

Leuchtaugen, die mir jetzt nur noch kalt erschienen. Dann hatte ich eine Idee.

»Ich hab's.«

»Was hast du?«

»Dein neurotisches Pedant. Du brauchst einen Zyniker.«

»Ich hasse Zyniker.«

»Eben, Schätzchen. Zynismus ist der Stoff, der dich reagieren läßt.«

»Ja, aber Zyniker faß ich in meinem Leben nicht an.«

»Das merkst du ja gar nicht. Am Anfang denkst du dir nur, was ist denn das für einer, und dann bist du verliebt.«

»Wie soll ich jemanden lieben, der die ganze Welt haßt?«

»Na, das wird ihm guttun. Du zeigst ihm, daß auch er lieben kann. Er liebt dann immerhin schon drei Menschen.«

»Ich bin doch keine Therapeutin. Und wieso denn drei?«

»Dich und eure beiden Kinder.«

»Auch noch *Kinder* mit dem?«

»Christian liebt Kinder!«

»Wer?«

»Christian Kracht! Der Sohn von Christian Kracht senior, Vorstandsvorsitzender des Axel-Springer-Verlags!«

Sie kreischte und sprang mir an die Gurgel. Ich faßte ihre Handgelenke, aber sie war stärker …

Ich wußte natürlich, daß nur Verliebte sich so verhalten, wußte aber ebenso, daß wir keine waren. Sowenig wie zwei heterosexuelle Männer, oder ein Baby und seine Oma, oder der berühmte Fisch und sein Fahrrad, oder Angela Merkel und François Hollande. Wir waren sowenig ein Liebespaar wie ein USB-Stick und ein Röhrenradio von Telefunken, auch wenn es noch spielte. Deshalb hatten wir keine Probleme damit und bekamen auch keine. Das Problem lag woanders und hörte auf den Namen Julius. Der Typ blieb der große Störfaktor.

Julius, das hatte ich inzwischen verstanden, spielte ein plumpes und wohl kindgerechtes Zuckerbrot-und-Peitsche-Spiel, das mir angst machte, da es, trotz aller Plumpheit oder gerade deswegen, funktionierte. So führte er Agnes schon am nächsten Tag in die Stadt Ascoli Piceno aus. Vorher – Manfred und ich saßen gerade bei einem guten Tropfen Weißwein (der ja im Hotel umsonst war, wie Manfred nie vergaß) – kam sie noch auf einen Sprung zu uns, während der zukünftige Loser, äh, Lover, im Auto wartete, mit Kopfhörern auf den Ohren. Mein Bruder bekam das alles gar nicht mit. Er freute sich, daß Agnes immer öfter mit ihm redete. Ich hatte ihm ja auch suggeriert, daß sie jetzt eher seinetwegen käme als meinetwegen. Manfred dachte, seine Performance käme bei ihr an, und so entwickelte er sein kommunikatives Erfolgsmodell weiter. Immer mehr neue Geschichten von früher fielen ihm ein:

»Jedes Jahr in den Sechzigern und auch danach

noch fuhren wir nach Grottammare. Später erzählte mir meine Mutter, daß wir jedes Mal sparen mußten. Und jedes Jahr mußten wir gerade zur heißesten Zeit nach Grottammare fahren. Wir gingen ja zur Schule, und unser Papi war Politiker und Lehrer, also konnten wir nur zur Zeit der Schulferien fahren. Es war heiß zu der Zeit, auch da, wo wir wohnten, in Straubing.«

»Straubing?« fragte Agnes.

»Das ist die Hauptstadt von Nordost-Niederbayern, direkt im Bayerischen Wald gelegen«, leierte ich kraftlos. Manfred war nicht zu stoppen:

»Einmal kochte die Nonna – so hieß dort die Oma – Pasta asciutta. Das wird mit Spaghetti gekocht, und das Wesentliche ist die Sauce. Sie wird aus Rindfleisch gemacht. Stundenlang kochte das Rindfleisch vor sich hin. Wir Kinder liefen öfter mal hin und probierten. Wenn wir durften. Es schmeckte köstlich. Stunden später war es endlich fertig, wir saßen erwartungsvoll da, und es schmeckte wunderbar. Spaghetti mit Sauce, eigentlich keine große Sache, aber so, wie es dort gekocht wurde, eben doch sehr gut!«

Er sah selbstzufrieden in die Runde. So hatte ich Manfred ziemlich selten erlebt. Sonst sah er fast immer mürrisch und unzufrieden aus. Nie konnte man ihm etwas recht machen, auch jetzt in Italien nicht. Fragte man ihn, ob er einen Pfirsich wollte, sagte er schlechtgelaunt nein. Erweiterte oder differenzierte man das Angebot und sagte zum Beispiel, die Pfirsiche schmeckten aber gerade ganz besonders köstlich, schrie er schon: »Ich habe doch nein gesagt!« Sein Jähzorn flammte schnell auf, doch Agnes gegenüber war er jetzt wie verwandelt. Er schrie sie in all den Tagen kein einziges Mal an. Höflich wartete sie seine nächste Anekdote ab, so wie der Liebhaber höflich im Auto wartete und ich höflich auf das Ende der Welt. Manfred sprach mit vollem Mund weiter.

»Eigentlich war unser Papi schon im Zweiten Weltkrieg in Italien gewesen. Da hat er das Land lieben gelernt. Es waren ja immerhin lange Jahre seine Waffenbrüder bei der Wehrmacht. Es gibt etliche Fotos von ihm, zusammen mit einigen Kameraden und einigen jungen italienischen Frauen. Und Briefe gibt es natürlich auch von ihm. Er schreibt da, was sie alles Tolles essen. Obst vor allen Dingen. Irgendwann wollte unser Vater mal ganz nach Italien ziehen. Er hatte einen entfernten Verwandten in Perugia. Dort hat unser Vater auch mal studiert. Seine Frau sollte schon mal da arbeiten und Italienisch lernen. Das machte sie auch, und sie nahm mich mit. Ich blieb tagsüber bei einer italienischen Familie, die auf mich aufpaßte. Ich habe, so erzählte man es mir, immer wortlos dabeigesessen, die Arme aufgestützt. Irgendwann konnte ich aber genug Italienisch, um mitzureden. Und das tat ich dann auch. Ich hatte nun eine andere Sprache gelernt. Bis ich das Italienische irgendwann wieder komplett vergaß und wieder deutsch redete ...««

»Eine schöne Geschichte. Aber nun muß ich los. Julius wartet doch im Auto.«

Sie ging. Es war schrecklich für mich. Ich klammerte mich an der Tischkante fest.

»Du mußt noch mehr erzählen, Manfred, aber erst wenn sie wieder da ist. Sonst geht das noch verloren.«

Ich stand auf und ging schwimmen.

Meine gute Laune kam schon nach wenigen Minuten zurück. Das unterschied mich von Manfred. Er war nie zufrieden, ich eigentlich immer. Ihm konnte man das Meer zeigen, es sagte ihm nichts. Oder die Silhouette der Stadt, sein Gesicht blieb mürrisch. Oder ein weißes Boot mit lustigen Insassen, er sah nicht hin. Oder im herrlich warmen Wasser spielende Jungen in unserem damaligen Alter, er sagte nur: ›Na und?‹ Eine Bikinifrau mit stolzem Gang – er verdrehte *genervt* die Augen und sagte nichts. Man konnte ihm vorschlagen, was man wollte, er blieb untätig und beleidigt. Ganz besonders, wenn die Vorschläge keine *gemeinsamen* Aktivitäten beinhalteten. Mit dem Rad nach Cupra Marittima fahren? Er sagte ›nein‹. Vielleicht lieber den Spiegel lesen? ›Nein.‹ Aber darin sei ein Essay von Rüdiger Safranski, den er doch so mochte?

»Ich habe doch *nein gesagt*!«

Vieles war mir nie klar gewesen, doch jetzt verstand ich es – nämlich daß ich deswegen auch einen Hang zu depressiven Frauen gehabt hatte, zum Beispiel. Nicht daß sie mir lieber gewesen wären als lebensfrohe, ganz und gar nicht. Ich war nur besser qualifiziert für sie. Bei ihnen wußte ich, was ich zu tun hatte. Ich war bei ihnen *besser* als bei den anderen. Ich war besser als die männliche Konkurrenz. Wer sonst hätte es sich gefallen lassen, auf jeden noch so nett vorgetragenen Vorschlag ein barsches ›Nein‹ zu schlucken, und bei der sogenannten Angebotswiederholung – so nannte ich es bei mir selbst – gleich angebrüllt zu werden? Ganz zu schweigen von den Reaktionen auf eine Bitte. Egal, worum ich Manfred – oder meine Frau – bat, etwa mir die ›Elmex‹ zu geben, ich hörte seltsame Antwortsätze, die ungefähr so klangen:

»Ich habe aber keine Lust, dir jetzt von einem Raum zum anderen die Zahnpasta hinterherzutragen« (mein Bruder, im pampig-beleidigten Tonfall), und: »Ich arbeite seit Jahren Tag und Nacht wie eine Bescheuerte, und jetzt soll ich dir auch noch die verdammte *Zahnpasta* hinterhertragen?« (meine Frau, hocherbost, kurz davor, mit mir Schluß zu machen).

Als eines Tages die Kontrollanrufe von Manfreds pflegender Ehefrau wieder aufgenommen wurden – ein Sieg für ihn, nebenbei bemerkt –, erzählte er ihr, er habe sich bisher eigentlich nur gelangweilt in Grottammare. Zu mir sagte er beim Abendessen, er könne seine Frau nicht anlügen und müsse ihr von Agnes erzählen. Ein Schreck durchfuhr mich. Würde er bekanntmachen, daß ich eine fragwürdige Verbindung zu einer jungen Künstlerin hatte, von der meine Frau nichts wußte? Nein, er meinte seine eigene eingebildete und überhaupt nicht fragwürdige *relationship to that woman*, wie das im Bill-Clinton-Englisch hieß. Ich bat ihn, damit noch zu warten.

»Ich lüge aber nicht!« blubberte er beleidigt.

Welchen Vorteil hatte ich davon, mich mit Klons meines Bruders und depressiven Frauen zu umgeben? Nun, ich hatte schon ausgeführt, daß ich dadurch in meinem Verlag reüssierte. Und was die Frauen anbetraf, so konnte ich mir die schönsten der Welt aussuchen – wenn sie nur depressiv waren. Jetzt aber wartete ich lieber auf die überhaupt nicht depressive Agnes.

Sie kam nicht. Die Stunden am Strand vergingen. Ich hörte italienische Popmusik, also aktuelle Schlager, und dazwischen die überdrehten Stimmen der Werbung. Mein Bruder war auch gekommen und lag im Liegestuhl. Um nicht mit ihm reden zu müssen, blieb ich immer lange im Wasser. Dann ließ ich die Sonne auf meinen Körper brennen, wobei schon zehn Minuten reichten, um wieder in die Adria springen zu können. Es war ohne Zweifel noch heißer geworden als am Vortag. Die Temperatur reichte bestimmt an vierzig Grad heran. Und das Ende August.

Abends gingen wir in der Innenstadt ein Eis essen. Vor der Eisdiele standen oder lümmelten oder räkelten sich – je nach Sichtweise – fünf Grazien, also fünf junge italienische Mädchen. Es war eine klassische Szene, wie sie sich gewiß schon in der Antike abgespielt hatte. Sie flüsterten, kicherten, fuhren ihre Glieder aus und zogen sie wieder ein, warfen die langen Haare zurück, lachten, klimperten mit Goldkettchen und waren, mit einem Wort, langbeinig und schlank und braungebrannt. Fünf Freundinnen. Jeder Holly-wood-Regisseur hätte das Quintett für den nächsten törichten High-School-Streifen vom Fleck weg enga-giert und mit ihren Müttern Verträge gemacht. Ich wußte natürlich, daß Manfred die direkt vor unserer Nase sich produzierenden Girlies noch gar nicht wahr-genommen hatte und das auch nicht wollte. Um ihn zu provozieren, fragte ich:

»Wie findest du die fünf Flittchen da?«

»Wo?«

»Die da!« Ich zeigte hin.

»Was soll ich denn mit denen?«

»Nichts, anschauen halt.«

»Warum soll ich die denn anschauen?«

»Man schaut doch auch den schönen Vollmond an, obwohl man nicht dorthin fliegen möchte.«

Ich beobachtete genau seine Mimik. Seine Lippen bebten, seine Kiefer mahlten sekundenlang, er war vol-ler Zorn und sagte nichts. Dann stand er abrupt auf und ließ mich mit den beiden Eisportionen sitzen, die gerade gebracht worden waren. Und ich dachte: Wie seltsam.

Mir fiel eine Episode aus unserer Pubertät ein. Im Sportverein hatte ein Kamerad meinen Bruder ›schwul‹ genannt. Ich war Zeuge. Manfred nahm langsam seine schon damals unsäglich häßliche Brille ab, ging auf den Kameraden zu und schlug ihn krankenhausreif. Dann setzte er ruhig seine Brille wieder auf und ging mit mir nach Hause. Ich wußte damals noch gar nicht, was schwul ist. Heute wußte ich noch immer nicht,

113

warum Manfred so reagiert hatte. War er schwul? Oder das genaue Gegenteil? Oder war das dasselbe? Interessierte er sich nicht für Mädchen, weil er sich für *mich* interessierte? Davon konnte eigentlich auch keine Rede sein. Um ehrlich zu sein, muß man sagen, daß er mich ja gar nicht wertschätzte. Man konnte das auch daran sehen, was seine Frauen und sein Sohn – der bereits erwähnte Elias – von mir hielten. Nämlich nichts. Sie hatten immer das schlechteste nur mögliche Bild von mir gehabt, also vermittelt bekommen. Das ging so weit, daß man Manfreds Sohn verboten hatte, jemals mit mir allein in einem Raum zu sein. Ich sei geistesgestört und könne dem Kind etwas antun. Bei aller gebotenen Selbstkritik kann und muß ich doch mit Gewißheit sagen, daß ich niemals geistesgestört war und niemals einen negativen Einfluß auf Manfreds armen Sohn hätte ausüben können oder wollen. Als er erwachsen war, brach er mit dem Vater und schloß sich zu meiner Überraschung mir an. Inzwischen wohnte er in einer meiner Wohnungen. Wie auch immer – ich konnte Manfred nicht nach diesen Dingen fragen. Es war zu heikel. Am Ende hätte er noch geglaubt, ich hätte ihn nur nach Grottammare geholt, um ihn auszufragen. So dachte ich nicht länger daran und ging ihn suchen. Er stand an der Via Cristoforo Colombo und tippte in sein Nokia. Er rief mich gerade an, aber ich ging nicht ran.

Am nächsten Mittag erschien Agnes wieder im Hotel. Meine Eifersucht war längst Geschichte. Was sollte eine

Achtundzwanzigjährige mit einem achtzehnjährigen Gymnasiasten? Was sollte Superstar Brigitte Bardot in ›Und ewig lockt das Weib‹ am Strand von Saint-Tropez mit dem damals siebzehnjährigen Jean-Louis Trintignant? So etwas gab es nur im Film. Dummerweise lebten in der Villa in den Bergen aber auch noch ältere Männer, zum Beispiel der Orgelspieler aus Ascoli Piceno, dessen Opa dort, wie berichtet, Mussolinis Statthalter gewesen war. Der postfaschistische Enkel, vom Teint her fast negroid, vom Antlitz her ein liebenswerter Kretin, war innerhalb kürzester Zeit verrückt nach der viel zu blonden Deutschen, diesem Leuchtfisch in jedem Schwimmbecken. Er strich ihr durchs Haar, nannte sie ›mein Kätzchen‹ – was ich verstand, denn auch mir rutschten diese Onkelworte immer wieder heraus –, wich nicht von ihrer Seite und gab ihr zu Ehren ein Gratiskonzert in der schönsten Kirche der Region, der Chiesa di San Giovanni Battista an der Piazza F. Peretti, zu dem auch ihr Vater (ich) und ihr Onkel (Manfred) offiziell eingeladen waren. Es war ein lausiges Konzert. Der Mann spielte schlechter als eine fünfjährige Elevin. Bei Vollmond ging der Mann dann zum Großangriff über. Agnes mußte ihre beträchtliche Muskelkraft einsetzen, um nicht vergewaltigt zu werden.

Am nächsten Tag legte sie sich genervt allein an den Strand, las ein Buch von Sibylle Berg, nämlich ›Danke für das Leben‹, und kam dann zu uns. Sie traf zunächst nur auf meinen Bruder, im ›Chalet Sylvia‹, der hoteleigenen Strandbar. Ich war auf dem Balkon der Suite geblieben, wo man sich ungestört sonnen konnte, und sah nur zu. Manfred bemerkte nicht die blauen Flekken, die vom Kampf der Sexbombe mit dem Wüstling zeugten, sondern sprach sofort von früher sowie lang und breit vom Essen, das er gerade eingenommen hatte, fest davon überzeugt, die Malträtierte damit zu begeistern. Sie bestellte einen Espresso macchiato caldo mit einem Glas Acqua naturale. Dazu aß sie eins von diesen süßen italienischen Croissants. Mein Bruder legte los:

»Das Essen in dem Hotel, hm, ist sehr schwach gewürzt. Es steht kein Salz oder Pfeffer auf dem Tisch. Ich habe immer Fisch gegessen. Den bestelle ich am Abend vorher. Gestern gab es zum Beispiel einen Fisch, den ich gar nicht kannte. So einen Fisch hatte ich noch nie gesehen. Ich weiß überhaupt nicht, was für eine Sorte das war. Aal oder so etwas.«

Er versuchte dabei, mit seinen Händen einen längeren dünnen Fisch nachzuzeichnen. Im Schatten zu sitzen war jetzt angenehm, fand Agnes, eine leichte Meeresbrise strich über ihre gebräunte Haut mit den winzigen hellblonden Härchen. Es war ruhig, da alle Familien beim Mittagessen im Hotel saßen. Sie löffelte in aller Ruhe den Milchschaum vom Espresso, so wie sie es immer machte. Erst den Kaffee vom leckeren Milchschaum befreien und dann alles in einem Schluck austrinken. Manfred jubilierte:

»Und ich wußte gar nicht, wie ich, hm, also wie man diesen Fisch ißt. Ich habe dann die Kellnerin gefragt.

Hm. Die hat mich nicht richtig verstanden. Ich spreche ja kein Italienisch.«

Sie nahm ihr Handy raus und prüfte, ob sie iMessages und E-Mails bekommen hatte.

»Ich hab das dann versucht so zu essen. Aber mehr als eine Reihe von Knorpeln und Fleischresten war das nicht«, erzählte er, »und heute gab es einen Fisch in Aluminiumfolie. Hm. Die habe ich dann aufgemacht. Und dann war da der ganze Fisch. Hm. Beim ersten Bissen hatte ich nur Gräten im Mund.«

Sie wollte dazu übergehen, die Neuigkeiten auf Facebook zu checken.

»Ich habe dann also gemerkt, hm, daß man die Wirbel mit den ganzen Gräten entfernen muß. Aber das hat auch nicht so geklappt. Ich hatte trotzdem Gräten im Mund. Hm. Vielleicht nehme ich mal was anderes als Fisch. Man kann immer aus vier Gerichten wählen. Aber ich verstehe kein Italienisch. ›Cotoletta‹ verstehe ich noch. Man kann auch Huhn oder Schnitzel oder so etwas bestellen ... Das ist natürlich einfacher zu essen, aber ich habe keine Lust, in Italien Wiener Schnitzel zu essen ... Wenn das mit den Gräten nicht besser wird, hm, dann muß ich wohl mal ein Schnitzel wählen.«

Nun kam ich und befreite sie bald von meinem Bruder. Eine Anekdote über den »grauen Mercedes 220« durfte er noch loswerden, dann fuhren wir im Lift nach oben, nur Agnes und ich.

Der Lift war unmodern eng, so daß nur zwei Erwachsene darin Platz hatten – offiziell drei, aber wohl nur im Notfall. Für eine Sekunde fühlten wir uns seltsam intim und sahen uns unvermittelt an. Es war ein ungewollter und verräterischer Blick, so daß wir gleichzeitig in Lachen ausbrachen. Das war kein helles, lustiges Lachen, sondern eines von tief unten und fast dunkel klingend. Ich ahnte, was gleich kommen würde. Im Zimmer schloß ich vorsichtshalber die Tür hinter uns ab.

5. Kapitel

Ferien mit jemandem, der einem vertraut ist und vor dem man keine Angst hat, können für einen wie mich, den die Gesellschaft anderer Menschen grundsätzlich anstrengt, sogar das Zusammensein mit geliebten Menschen, vor allem mit der eigenen Frau, eine Wohltat sein. Ich nahm dann auf einmal alles andere nicht so schwer. Nicht das viel zu kräftige Türenschlagen beim Auto – Manfred bretterte die Wagentür des fabrikneuen Leihwagens noch immer mit einer Wucht ins Schloß, als stünde der alte DKW-Kombi vor ihm, der wieder einmal nicht angesprungen war (die elektronische Selbstschließfunktion des Audi Q7 ignorierte er). Nicht das unsensible Einhacken mit dem Zeigefinger auf die sensitiven, also berührungsempfindlichen Tasten meines Computers – für ihn war mein MacBook Air noch immer die Triumph-Schreibmaschine aus Papis Arbeitszimmer, auf der er zornentbrannt die Flugblätter der DKP getippt hatte. Nicht sein Wutgebrüll, wenn ich arglos den linken Handtuchhalter benutzt hatte anstatt den rechten, wie es abgemacht war. Und vor allem nicht Manfreds lästige Angewohnheit, mich alle zwanzig Minuten anzuschnauzen (wobei er, wie erwähnt, die oftmals soldatische Stimme unseres Vaters hatte).

Aber wer hält es schon aus, dachte ich mir, *derart oft* angeschnauzt zu werden? Vor allem beim Autofahren wurde es ärgerlich. Während er lenkte, mußte ich Manfreds Navi halten, das er aus Berlin mitgenommen hatte, da er dem Navi des Leihwagens nicht traute. Ich hielt das betagte Gerät in der rechten Hand, damit die linke Hand frei blieb, um notfalls ins Steuer greifen zu können – was auch pro Fahrt etwa einmal der Fall war, nämlich wenn der Fahrer selbst auf das Navi starrte, da er meinen Angaben nicht folgen wollte, und dabei das Lenken vergaß. Im Minutentakt wurde ich also angebrüllt, deshalb holte ich einmal tief Luft und sagte seelenruhig zu ihm, er habe die Marotte, mich alle zwanzig Minuten anzublöken, und zwar so wie Papi. Beim nächsten Mal würde ich zurückblöken. Ich rückte nahe an ihn heran und sagte in sein Ohr:

»Ich freue mich schon darauf.«

Als er bei der nächsten Autobahnabfahrt wieder jähzornig schrie, ich solle gefälligst aufpassen, was sei jetzt das, rechts oder links?, schrie ich zurück:

»*Geradeaus natürlich! Was denn sonst, Herrgott noch mal!*«

Seitdem ich vor Jahrzehnten einmal eine höchst unseriöse Gruppentherapie absolviert hatte, besaß ich eine Stimme, die furchteinflößend laut werden konnte. Ich verzichtete im Leben auf diese Option, aber jetzt nicht. Es klang genauso scheußlich wie bei ihm. Er hörte sich zum ersten Mal selbst. Ob es einen Erkenntnisprozeß auslöste? Mit einem ungläubigen Staunen fuhr er weiter. Bis zum Ende der Fahrt brüllte er nicht mehr, und ich hatte schon Angst, nun werde er endgültig ins greisenhafte Flüstern zurückfallen. Er war ja schon vorher wie ein altes Röhrenradio mit defektem Lautstärkeregler gewesen: Die Übertragung war zu laut, aber wenn sie in unverständliches Zirpen umschlug, wollte man es lieber wieder zu laut haben.

Es ging aber alles gut. Nur eines störte mich weiterhin. Warum gefiel ihm unser Urlaub nicht? Warum blieb er so unzufrieden, obwohl es ihm täglich besserging? Warum konnte er die schon fast drogenhaft schöne Welt von Grottammare nicht genießen? Ich versank alle Viertelstunde in einen neuen Glückszustand. Mir genügten schon drei gute italienische Popsongs hintereinander im Radio, um zu vergehen. Warum ihm nicht? Was tat sein Gehirn in diesem Rausch aus Meer, afrikanisch heißem Wind, einem Horizont bis zum Ende der Welt, umgeben von hochaufragenden, blühenden Landschaften? Was lösten glückliche Kinder, halbnackte Frauen, Sex, Popmusik, Getränke am Strand und glühende Blicke in ihm aus? Offenbar nichts. Aber dachte er nicht zwangsläufig an früher, an sein nun ablaufendes Leben? Ich fragte ihn einmal direkt.

»Denkst du eigentlich manchmal über dein Leben nach?«

»Nee.« Er warf das wieder so wegwerfend hin, als ekelte ihn die Frage an und der Fragesteller dazu. Ich mußte aufpassen, jetzt nichts Falsches zu sagen. Er brach ja Gespräche schnell ab.

»Auch nicht hier in Grottammare, wo wir so oft waren?«

»Nö.« Seine Verärgerung wuchs.

Ich hatte ihm vor der Reise fast zwanzig Briefe geschrieben, also Mails, von denen die meisten im Spam-Ordner gelandet waren. Ich hatte mir darin viele Gedanken über ihn und sein Leben gemacht. Daran erinnerte ich ihn nun zart:

»Weißt du, meine vielen Briefe, also die, die bei dir als Spam ankamen, hast du die eigentlich gelesen?«

»Ja, habe ich.«

»Aha.«

»Ich erinnere mich aber nicht mehr an das Zeug.«

»Ich schrieb darin über deine Lage nach den Stürzen, und auch über meine Lage. Und über unser Leben, ob es nun an ein Ende gekommen ist. Ob es gut war.«

»Das habe ich nicht gelesen.«

»Fragst du dich jetzt nicht … oder hast dich gefragt, nach der Diagnose, was du falsch gemacht hast und was richtig?«

In seinem Gesicht war wenig zu lesen. Manfred blickte ausdruckslos wie sonst auch vor sich hin, mürrisch, rechthaberisch und nichtssagend. Aber er antwortete mir diesmal.

»Ich habe mich gefragt, wie ich die Krankheit am besten behandele. Wenn der eine Facharzt von mangelnden Botenstoffen im Dopamin von siebzig Prozent sprach und meinte …«

Es folgte eine langweilige Auflistung von allen

möglichen Expertisen, ein Ausflug ins Medizinchinesisch, aus dem man als Gesunder nur heraushören konnte, daß die Ärzte im Prinzip ahnungslos waren, was Manfreds Symptome anbetraf. Ich mußte von vorn anfangen.

»Manfred, die Dopamine folgen doch nur dem realen Leben. Und über das mußt du doch auch nachgedacht haben.«

»Nein.«

»Nie über den Sinn des Lebens nachgedacht? Echt nicht?«

Zu meiner Überraschung brach er das Gespräch nicht ab, sondern fuhr fort:

»Also, da ist ja auch noch der Therapeut. Für solche Sachen, das wäre wohl eher sein Gebiet ... Ich habe da einen ziemlich Guten, glaube ich.«

»Aha!«

»Ja, bei ihm habe ich so was gesagt ... nämlich, daß ich Angst habe. Und seine Haltung finde ich ganz spannend, nämlich: Ich soll schauen, was hinter der Angst ist. Ich soll hinter die Angst ... also, soll mich fragen, was mir bei diesen Befunden – Alzheimer, Demenz, Parkinson und so weiter – denn so Angst macht.«

Ein toller Seelendoktor. Hinter der Todesangst steckte womöglich die Angst vor dem Sterben, sehr spannend. Ich platzte vor Haß. Therapeuten konnte ich nicht leiden. Um es mir nicht anmerken zu lassen, schwieg ich. Von Manfred kam aber auch nichts mehr.

So blieb mir nur die Erkenntnis, daß mein Bruder wohl noch nie über den Sinn des Lebens nachgedacht hatte. Dort, wo bei mir ein Gehirn war, ein belebtes, beseeltes Bewußtsein, war bei ihm ein Hohlraum. Deshalb konnte er, also dieser Hohlraum hinter seinen Augen und zwischen seinen großen, lappigen Ohren, auch nicht über Grottammare nachdenken, nicht über Grottammare heute und nicht über das, was vor dreißig oder vierzig Jahren dort passiert war. Er konnte keine Popmusik genießen und keine flirtenden Frauen wahrnehmen. Er war ein Hohlkopf. Er würde auch keineswegs bald sterben, wie ich befürchtet hatte. Er würde nie sterben, denn wo nichts gelebt hatte, konnte auch nichts sterben. Meine Sorgen waren grundlos gewesen.

Nachwort

Bekanntlich ist das Leben paradox. Es nützt einem nichts, so klug zu sein, wie ich es war, und es schadet keinem Hohlkopf, so blöd zu sein wie mein Bruder. Irgendwie kommen alle durch. Alles ist eine einzige Dialektik, und das Ergebnis ist ›plus/minus null‹, auf deutsch: der Tod. Auf Manfred und mich bezogen heißt das, daß niemand anders als dieser größte anzunehmende Hohlkopf, den ich ein Leben lang gemieden hatte, mir in dem Moment, da ich mich ihm gänzlich und mit offenem Herzen zuwandte, mir mein Glück gebracht hat. Ich will nicht sagen, daß ich glücklicher wurde als andere Menschen – in der Summe sind alle gleich glücklich, wie gesagt –, aber er lieferte mir jenes große Stück Glück nach, das in meiner Rechnung noch fehlte. Dafür werden Agnes und ich ihm dankbar sein. Er starb bei einem Treppensturz infolge eines dritten Schlaganfalls am folgenden Neujahrstag.

Ich bin nicht zur Beerdigung gegangen.